U0528045

GENTLEMAN CAMBRIOLEUR

ARSÈNE LUPIN

/ 全 / 彩 / 插 / 图 / 版 /

侠盗亚森·罗平

[法国] 莫里斯·勒布朗 / 著　　[法国] 樊尚·马里耶 / 绘　　周克希 / 译

译林出版社

图书在版编目（CIP）数据

侠盗亚森·罗平 /（法）莫里斯·勒布朗著；（法）樊尚·马里耶绘；周克希译. -- 南京：译林出版社，2024.11
ISBN 978-7-5753-0196-1

Ⅰ.①侠… Ⅱ.①莫… ②樊… ③周… Ⅲ.①侦探小说－小说集－法国－现代 Ⅳ.①I565.45

中国国家版本馆CIP数据核字(2024)第108595号

Illustrations by Vincent Mallié
Author Maurice Leblanc
Arsène Lupin, Gentleman Cambrioleur
© éditions Margot, 2021.
Simplified Chinese language Edition arranged through Ye-ZHANG Agency and Daniela Bonerba
Simplified Chinese edition copyright © 2024 by Yilin Press, Ltd
All rights reserved.

著作权合同登记号　图字：10-2022-333号

侠盗亚森·罗平　［法国］莫里斯·勒布朗／著　［法国］樊尚·马里耶／绘　周克希／译

责任编辑　宋　旸
装帧设计　韦　枫
校　　对　王　敏
责任印制　单　莉

原文出版　Editions Margot, 2021
出版发行　译林出版社
地　　址　南京市湖南路1号A楼
邮　　箱　yilin@yilin.com
网　　址　www.yilin.com
市场热线　025-86633278
排　　版　南京新华丰制版有限公司
印　　刷　南京爱德印刷有限公司
开　　本　718毫米×1000毫米 1/16
印　　张　15
插　　页　4
版　　次　2024年11月第1版
印　　次　2024年11月第1次印刷
书　　号　ISBN 978-7-5753-0196-1
定　　价　79.00元

版权所有　·　侵权必究

译林版图书若有印装错误可向出版社调换，质量热线：025-83658316

目 录

1
亚森·罗平被捕记
I

2
亚森·罗平在狱中
20

3
亚森·罗平越狱记
51

4
神秘的旅客
82

5
王后项链
104

6
红心七
127

7
安贝尔夫人的保险箱
173

8
黑珍珠
184

9
福洛克·歇尔摩斯来迟了
200

亚森·罗平被捕记

我们乘坐的普鲁旺斯号远洋客轮，驶离法国海岸，航行在浩淼的大西洋上。

旅途的第二天下午，雷雨交加，空中却传来了一份加急电报的电波。电报的内容如下：

> 亚森·罗平搭乘你船头等舱，发须金黄色，右手前臂有伤痕，无旅伴，化名R……

就在这一刹那，昏暗的天空炸响一声闷雷，无线电波中断了。后面那部分电文我们没能收到。亚森·罗平用的假名，我们只知道这个开头的字母。可是，也不晓得消息是怎么传开去的，当天全船的乘客就都知道大名鼎鼎的亚森·罗平和我们在一起了。

亚森·罗平和我们在一起！近几个月来，哪家报纸没报道过这位从不失手的侠盗的消息！这位谜一般的人物，我们最棒的侦探加尼马尔先生一再扬言要跟他决一死战，可每次还不是都让他略施小计就把那老加尼马尔给甩了！亚森·罗平，他的易容术可真称得上出神入化：汽车司机、男高音歌手、赛马场职员、富家子弟、毛头小伙子、年迈的老人、马赛来的旅行推销商、俄国医生、西班牙斗牛士……他扮什么像什么！

船上的乘客不由得都有些想入非非了：亚森·罗平就在这艘横渡大西洋的客轮上转悠，就在大家整天见面的这个头等舱里走来走去，可能就在这个餐厅、这间吸烟室里！他说不定就是这位先生……或许是那位……要不就是邻桌的这位……再不然就是同舱的那位……

"还得这样折腾整整五天呢！"有一天，奈丽·安德道恩小姐这么嚷道，"真叫人受不了！我盼着有人快点把他抓住。"接着她又把脸转过来对着我："德·昂德雷契先生，您跟船长交情挺不错，可曾听到点什么风声吗？"

我真巴不得听到点什么风声，好讨好一下奈丽小姐！她是个很有魅力的女人，无论在哪儿，她只要一出现，马上就会把所有的目光都吸引过去。她的美貌和她的财富全都让人头晕目眩。她从小跟着母亲在巴黎长大，这回是去芝加哥跟亿万富翁的父亲相聚。她的一位女友杰伦德夫人一路陪伴着她。

上船伊始，我就加入了向她献殷勤的队伍。可是过了没多久，她的魅力就把我给迷住了，当她那双大大的黑眼睛向我望来的时候，我只觉得心头怦然而动。而她对我也颇有好感，我说的那些风趣的话常会引得她笑出声来，我说的那些花边新闻，她也总是听得津津有味。

也许只有一个情敌使我感到有些不安，那是个长得挺俊的小伙子，举止文雅而持重，跟我外向的巴黎人脾气相比，她似乎更倾心于他那种沉默寡言的性格。

奈丽小姐向我发问的当儿，刚好我们这些拜倒在她的石榴裙下的男士们都围坐在她身边。昨夜的暴风雨过后，天空一碧如洗，甲板上空气分外清新。

"我没有什么确切的消息，小姐，"我回答她说，"可是我们难道就

不能自己来进行侦查，跟亚森·罗平的那位对头加尼马尔先生比比高低吗？"

"喔嚯！您想得太美了吧？"

"何以见得？难道这事真有那么复杂？"

"非常复杂。"

"这是因为您忘了我们手上有几条侦破线索。"

"什么线索？"

"第一，罗平现在叫 R 某某先生。"

"这一条挺玄乎。"

"第二，他是独自一人出门旅行。"

"光凭这点管什么用！"

"第三，他的头发和胡须是金黄色的。"

"那又怎么样呢？"

"我们只要拿一张旅客名单来，逐个逐个地排除疑点就行了。"

我的衣袋里就揣着这样一张名单。我掏出它来，很快地看了一遍。

"这上面有十三个名字的开头字母是我们感兴趣的。"

"就只有十三个？"

"头等舱里就这些。在这十三位 R 某某先生中间，有九位是和夫人、孩子或仆人一块儿上船的，这一点很容易核实。剩下的还有四位：德·拉维尔当侯爵……"

"大使馆的秘书，"奈丽小姐打断他的话说，"我认识他。"

"罗森少校……"

"他是我叔叔。"有人说。

"里沃尔塔先生……"

"到。"我们中间的一人大声应道,这是个长着一圈又浓又黑的大胡子的意大利人。

奈丽小姐不由得笑了起来,"这位先生可算不上是金发金须哟。"

"那么,"我接着往下说,"我们不得不下结论说,案犯就是名单上排在最后的那个人。"

"谁?"

"洛泽纳先生。有谁认识洛泽纳先生吗?"

没有人应声。但奈丽小姐转过身去对我的那位情敌说:"哎,洛泽纳先生,您干吗不回答呢?"

所有的目光都向这位洛泽纳先生射去。他的头发是金黄色的。

"我干吗不回答?"他说,"因为我早就知道我的名字、我的头发颜色都会给我带来麻烦,况且我又是一个人出门来旅行的。我看,你们是会把我抓起来的喽。"

不用说,他这是在开玩笑,可是他脸上的表情,他的整个神态,都使人有一种异样的感觉。

奈丽小姐笑吟吟地说:"可您并没受伤呀?"

"没错,"他说,"就是没受伤。"

说着,他有些神经质地捋起一只衣袖,露出一条胳臂。我猛然间闪过一个念头,抬头向奈丽小姐望去,正好跟她的目光对了个正着:他让我们看的是左臂。可就在我想要把这茬儿说穿的当口,却另外出了一件事。杰伦德夫人气急败坏地朝我们跑来,跑得上气不接下气地直喘,好不容易才说出这句话来:"我的首饰……珠宝……全给偷走了!……"

不,并没全给偷走,实地勘察证实了这一点。说起来也真怪:那人

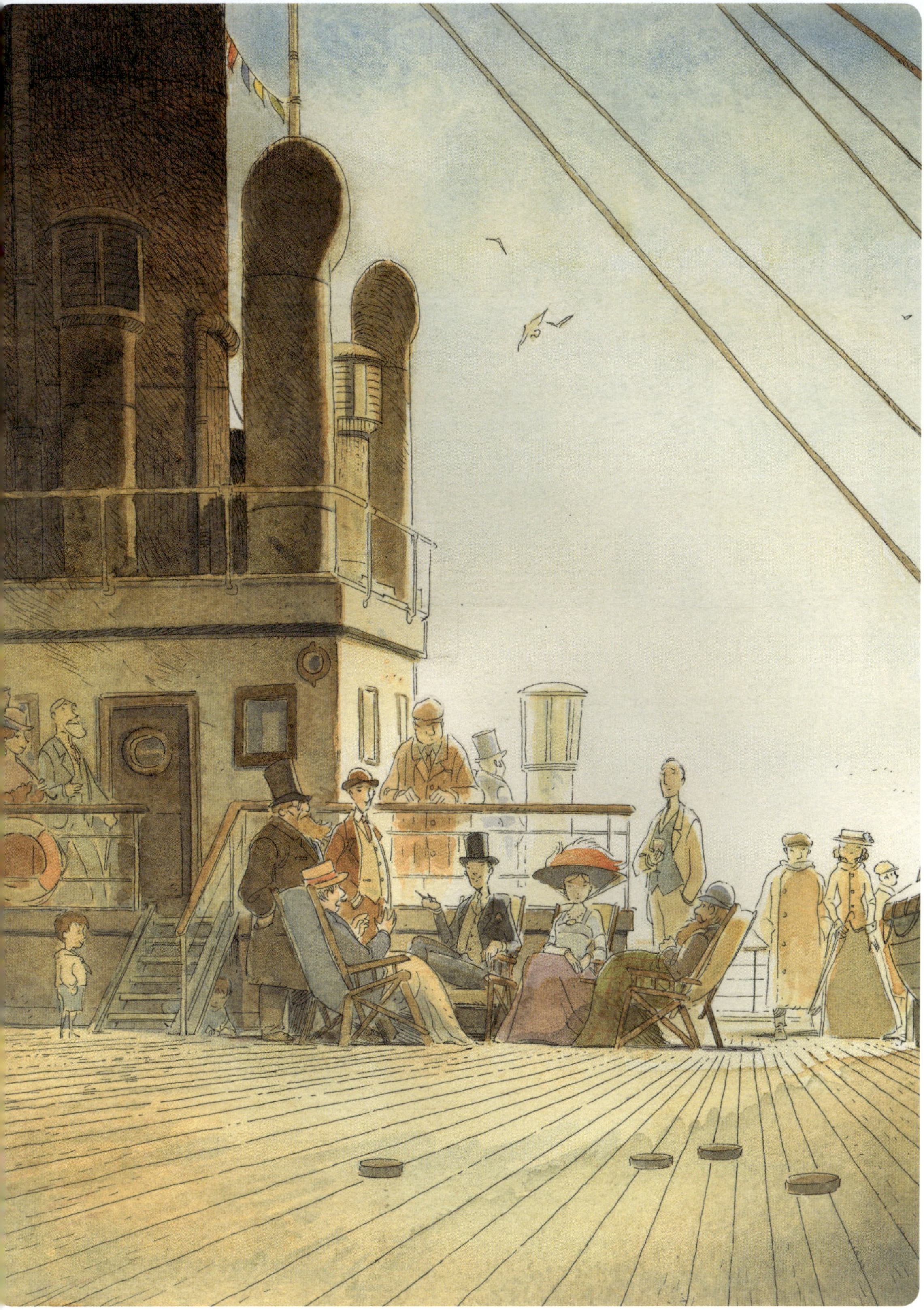

是挑着偷的！挑走的那些金刚钻、宝石坠子、项链、手镯，都是最精巧、最值钱，而又最不占地方的珍品！

为了偷走这些东西，那人必须在大白天里趁杰伦德夫人在甲板上喝茶的工夫，穿过人来人往的过道，弄开船舱的房门，找到藏在纸板帽盒里的丝绒袋，打开以后挑选一番！那人能是谁呢？大家不约而同地想到了一个人：亚森·罗平。

吃晚饭的时候，洛泽纳身边的两个座位都空着没人去坐。晚饭以后，船长派人把他叫了去。对他先传讯，后拘留，这是意料中的事，大家都感到松了一口气。当天晚上，甲板上又举行舞会。奈丽小姐的美貌和风度完全把我征服了。在皎洁的月光下，我向她吐露了心中的情愫。

第二天大家却不胜惊讶地听说，洛泽纳先生并没有被拘留，原因是证据不足。据说他是波尔多的一个大批发商的儿子，随身携带的证件都是无懈可击的。此外，他的另一条胳臂上也没有伤痕。

"证件！"洛泽纳的情敌们嚷道，"证件管什么用！对亚森·罗平来说，那还不是小菜一碟！伤痕嘛……他也有办法去掉的。"

到了吃午饭的时候，只见洛泽纳觍着脸朝我们这帮人走来，奈丽小姐和杰伦德夫人见他过来，马上立起身来躲了开去。事情明摆着，她们这是让他给吓的。

一小时后，有张纸条在全船的船员和乘客中间逐个传阅，那上面写着：路易·洛泽纳先生悬赏一万法郎寻找亚森·罗平的下落。他还对船长声称："要是没人肯来帮我跟这个强盗对着干，我就自己来跟他算这笔账。"洛泽纳跟亚森·罗平对着干，或者干脆照许多人的说法，亚森·罗平跟自己对着干，这下可有好戏看了！

就这样过去了两天。我们看见洛泽纳到处转悠，到处打听，到处搜寻。半夜里还有人见他神出鬼没的不知在干什么。船长也下令把整条轮船上上下下搜了个遍。所有船舱也无一例外进行了搜查，采取这个措施时有个很妙的说法：赃物完全有可能藏在船上的任何地方，唯独不会藏在案犯的船舱里。

"这么个找法，早晚总该能找出点东西来吧，您说是吗？"奈丽小姐问我，"就算他是个巫师，也总不能把那些珠宝变没了呀。"

"怎么不能呢，"我回答说，"除非把每个人的帽兜、衣服夹里、浑身上下、里里外外全给搜个遍。"

说着，我让她瞧我手里的那架9×12的柯达相机，上船以来我一直在摆弄它，摆着各种姿势拍了好些照片。

"这么大的一个玩意儿，您说还放不下杰伦德夫人的那些珠宝？他只要装着在照相，就可以骗过旁人的眼睛了。"

"可我听人说过，凡是做贼的总会留下些蛛丝马迹。"

"有一个人不会：亚森·罗平。"

"为什么不会？"

"为什么？因为他不光考虑到怎么去偷，而且考虑到怎么才能不致失手。"

"起先您可并没把他说得这么神哟。"

"现在他让咱们看到颜色了。"

"那么依您看……"

"依我看,我们是在浪费时间。"

果然,搜查一无所得,或者说只有这么个让人哭笑不得的结果:船长的手表给偷掉了。

船长恼羞成怒,对洛泽纳监视得更严。可是第二天,那只手表又奇迹般地在大副抽屉里的衬衫活硬领中间出现了。

这一切都干得非常漂亮,完全体现了亚森·罗平洒脱幽默的风格。这位亚森·罗平固然是个妙手空空的角色,却又确实是位有雅兴、讲情趣的人物。就他从事的行当而言,他无疑是位大艺术家。我瞧着神情阴郁的洛泽纳,心里不由得对他生出几分敬意来。

然而旅途结束的前一天晚上,出了一件让人意想不到的事。值班二副听见甲板上的角落里有人呻吟,他走过去一看,只见有个男子躺在地上,一块厚实的灰色方巾蒙住了他的头,一条细绳缚住他双手的腕部。

二副给他松开绳子,扶他起来。

此人竟然是洛泽纳。

原来洛泽纳在甲板上四处察看时遭人暗算,身边带着的钱袋也让人给抢了。他的上衣胸前别着一张名片,上面写着一行字:

亚森·罗平笑纳洛泽纳先生一万法郎。

实际上，那只钱袋还在洛泽纳身上，里面原本有两万法郎，现在还留下一万法郎。

这么看来洛泽纳并不是亚森·罗平。洛泽纳就是洛泽纳，波尔多一个批发商的儿子！不过这次意外事件又一次证实了亚森·罗平的确在我们中间。

想到这一点，真使人不寒而栗。旅客们不敢单独一人留在船舱里，也不敢到平时不大有人去的地方转悠。出于谨慎，大家三三两两地结伴待在一起，只跟自己最信得过的几位朋友来往。

后来再收到的电报没有任何新的内容，至少船长没有向我们宣布过任何新消息，这种讳莫如深的做法不由得使人始终悬着一颗心。

航程的最后一天因此而显得格外漫长。大家都惴惴不安地仿佛在等待着发生什么不幸的事情。但我得承认，这种气氛在我却别有一番滋味，因为正是这种时刻促成了奈丽小姐对我信赖有加。受了这些事情的惊吓，她很自然地要到我身边来寻求保护，而这种保护人的角色正是我求之不得的。我在心底里暗暗感激亚森·罗平。

航程行将结束之际，我俩就这么肩并肩地俯身支在舷墙上，眺望着眼前的美国海岸线。

船上已经停止了搜查。大家都在期待着。上至宽敞舒适的头等舱，下至挤满移民的统舱，人

人都在期待着谜底最后揭晓的那个激动人心的时刻的到来。究竟谁是亚森·罗平？这位大名鼎鼎的亚森·罗平究竟是用了什么化名，以怎样的面目出现在我们中间的？

这个激动人心的时刻终于来临了。即使我活到一百岁，我也永远忘不了这前前后后的每一个细节。

"您的脸色怎么这么白，奈丽小姐？"我对奈丽说，此刻她正倚靠在我的胳膊上，显得非常娇弱的样子。

"您呢？"她回答我说，"哎！您简直变了样啦！"

"您想嘛，这时刻是多么让人兴奋哪，何况我又有幸在您身边……"

但她没在听我说话，兀自神情激动地喘着气。船上的舷梯已经放了下去。但还没等旅客下船走上舷梯，只见岸边的一群人围了上来，他们中间有海关关员，还有身穿制服的警员。

奈丽小姐喃喃地说："戒备这么森严，亚森·罗平敢情还能逃得出去？"

"可他恐怕是不肯束手就擒的吧，与其这么忍辱含垢，他也许宁愿跳到大西洋里去呢。"

"请别开玩笑。"她略带愠色地说。

蓦然间，我周身打了个激灵；望着她探询的目光，我对她说："您看见站在舷梯那头的小老头了吗……"

"就是穿橄榄绿长外衣、手里拿把伞的那个？"

"他就是加尼马尔。"

"加尼马尔？"

"对，就是那个有名的侦探，他发过誓要亲手抓住亚森·罗平。哎！我明白大洋这边为什么没有一点动静传过来了。加尼马尔早就到这儿了。他不喜欢让别人插手他要办的案子。"

"这么说，亚森·罗平是准得给抓住啦？"

"那谁能说得准？除了化过装的场合，加尼马尔好像还从没见过亚森·罗平的尊容呢。除非加尼马尔知道他用的化名……"

"哦！"她神情激动地说，口气中流露出来的那种女性的好奇心，未免让人听了有点寒心，"我真想亲眼看见他是怎样被捕的！"

"别着急，小姐。亚森·罗平肯定也已经看见他的老对手了。他大概会等到最后那批乘客下船的时候才跟他们一起出去，到那会儿，老头儿兴许已经有些眼花了。"

旅客开始上岸了。加尼马尔把伞尖撑在地上，两手架在伞柄上，神

情冷漠地站在那儿，似乎全然没去注意沿着舷梯挤挤攘攘往外走的人群。但我注意到，有一个警官模样的人站在他身后，不时俯身向他说些什么。

德·拉维尔当侯爵，罗森少校，还有那个意大利人里沃尔塔先生都相继上了岸，接着又是好多别的旅客……猛然间，我一眼看见洛泽纳在走近加尼马尔。

可怜的洛泽纳！看来他倒霉还没倒够哩！

"只怕就是他吧，"奈丽小姐对我说，"……您说呢？"

"我觉得，要是能把加尼马尔和洛泽纳照在一张相片上，那准会挺有意思的。请您拿好我的相机，我腾不出手来。"

我把相机递给她。可惜迟了一步，已经来不及照下这个镜头了。洛泽纳通过了关卡。那个警官凑在加尼马尔耳边说了些什么，加尼马尔微微耸了耸肩膀，于是洛泽纳就过去了。

可是这么一来，天哪！亚森·罗平又是谁呢？

"就是呀，"奈丽小姐大声说，"亚森·罗平是谁呢？"

船上只剩下二十来人。她逐个地打量着他们，倒像唯恐他不在这些人中间似的。

我对她说："我们不能再等了。"

她往前走去，我跟在她后面。可是我俩刚走了十步开外，就让加尼马尔拦住了去路。

"嗯，怎么回事？"我大声说道。

"请稍等片刻，先生，莫非您有急事？"

"我得陪这位小姐上岸。"

"请稍等片刻。"他又说了一遍，口气更严厉了。

他面对面地端详了我一番，然后逼视着我的眼睛对我说："是亚森·罗平先生吧？"

我哈哈笑了起来。"不，我叫贝尔纳·德·昂德雷契。"

"贝尔纳·德·昂德雷契三年前就死在马其顿了。"

"要是贝尔纳·德·昂德雷契死了，这个世界上当然就不会有这么个人啰。可现在我好端端地在这儿呢。这是我的证件。"

"这些证件都是他的。至于您是怎么把它们弄到手的，这正是我要告诉您的。"

"您准是疯了！亚森·罗平在船上用的名字是 R 开头的。"

"没错，这是您耍的一个花招，是您故意布下的迷魂阵！您干得挺漂亮，伙计。可是这一回活该您栽了。得啦，罗平，输也要输得像条汉子。"

我犹豫了一秒钟。冷不防他朝我一拳打来，打在我的左手前臂上。我痛得叫出声来。他打的是受伤的那条胳臂，这一点在电报里也是故弄了玄虚的。

好吧，是该认输了。我转过身去对着奈丽小姐。她全都听见了，脸色惨白，身子摇摇晃晃的。

她和我相对凝视了片刻，然后低下眼睑，目光落在我交给她的那架柯达相机上。她突然间做了个动作，我觉得，不，我确信她是在这一刹那间全都明白过来了。没错，就在这里面，就在我趁加尼马尔逮住我以前交给她的这个玩意儿里面。洛泽纳的一万法郎和杰伦德夫人的那些珍宝钻石，就在那由几块黑色轧花革围成的小方盒里。

呵！说心里话，在加尼马尔和他的两个助手向我围过来的当口，在这惊心动魄的一刹那，我对一切都无所谓，什么被捕啦，人们的敌意啦，我全都不在乎，唯独一件事我有些牵肠挂肚：我刚才交给她的那个玩意儿，奈丽小姐到底决定如何处置？

要说人家会用它作为物证来指控我，那我可并不觉得有什么可怕的。但是这件物证，奈丽小姐真会决定交出去吗？

我会被她出卖，会毁在她手里？她会就此跟我反目成仇，对我一点儿不手软，还是会作为一个女人，毕竟难忘这些天来的情意，对我还有些许怜悯之心，还会不由自主地表现出某种宽容来呢？

她从我跟前走过。我对她鞠了一躬，什么话也没说。她夹在其他旅客中间朝舷梯走去，那架柯达相机则一直捧在手上。

我想，她大概是不敢当着这么多人的面把它交出去。也许再过一会儿，她就会交掉的。

可是她走到舷梯当中的时候，突然装作笨手笨脚的样子，脱手让相机掉进了码头与船肋之间的海水里。

然后，只见她径自往前走去。

她那美丽的身影消失在人群里，时而重新闪现一下，旋即又不见了。一切都结束了，永远结束了。

我木然不动地站在那儿，一时间，在感到伤心的同时，心头又有一股柔情在荡漾开来。随后我叹了口气，说了这么句使加尼马尔大为惊讶

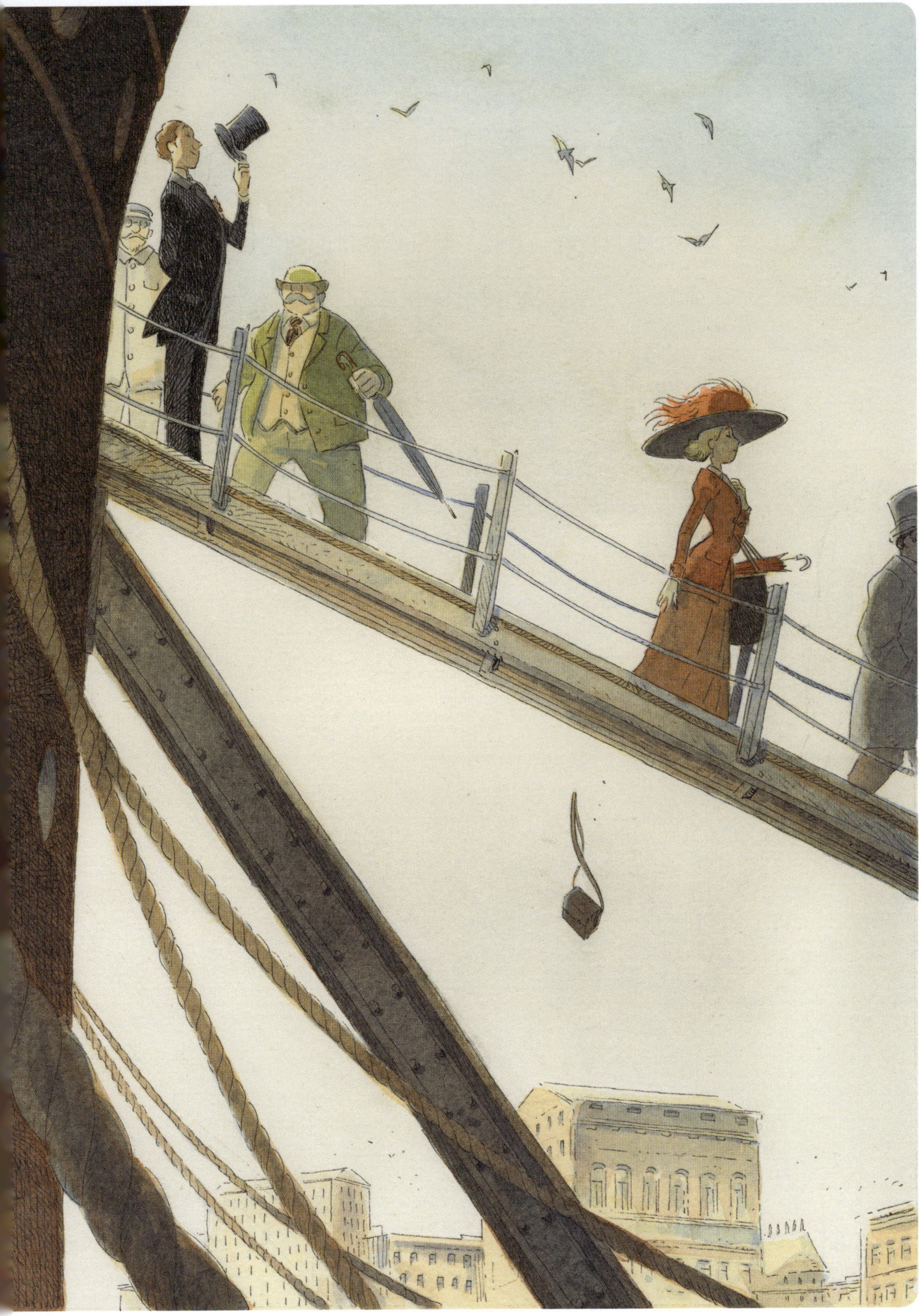

的话:"可惜呵,我到底不是个正人君子……"

以上就是一个冬日夜晚,亚森·罗平给我讲的他被捕的故事。我跟他认识相交,起因于一些很偶然的小事情,这些事情我以后会陆续写出来的……

他长得什么样儿?这叫我怎么说呢?就算我一共见过他二十次吧,每次出现在我面前的都是一个不同的亚森·罗平……或者说,人还是同一个人,但是放在我面前的是二十面镜子,每一面镜子照出的都是一个不同的亚森·罗平。

他对我说:"我也不知道我究竟是什么人。看着镜子里的影像,连我也认不出自己来了。"

自然这是说俏皮话，听上去有些不近常情，可是对于那些跟他当面相逢不相识的人来说，这又是千真万确的实话。他的化装易容，实在到了出神入化、令人叫绝的地步。

他又说:"我干吗非得有个固定不变的模样呢？谁要想认出我来，凭我干的活儿不就够了吗？"

接着他不无骄傲地说了一句:"要是大家都没法很有把握地说'这就是亚森·罗平'，那不是更好吗？要紧的是人人都能万无一失地说'这是亚森·罗平干的'。"

我将要逐篇逐篇写出来的，正是在这些冬日的夜晚，他坐在我那静谧的书房里，给我讲的那些他干过的惊心动魄的事情……

亚森·罗平在狱中

如果到法国旅游而没有领略过塞纳河两岸的风光，没有在参观儒米埃日和圣旺德里伊两地修道院遗迹的途中，驻足观望过那座耸立在塞纳河中的模样奇特的马拉基古城堡，就算不得是真正的旅游家。这座中世纪的小城堡建在伸进河面的花岗岩上，背山临水，由一座拱桥跟岸上的公路相连接；古堡的底部黑魆魆的，跟深色的花岗岩地基已经连成一气。塞纳河的河水平静地绕过古堡，穿过茂密的芦苇丛顺流而下。一群群鹡鸰停在湿淋淋的岩礁上瑟瑟发抖。

历史上这一带战乱频仍，盗贼四起，至今仍流传着不少神秘兮兮的传说。当地人不时还会说起当年通到儒米埃日修道院和查理七世情妇阿涅丝·索雷尔的城堡去的那条有名的秘密通道。

马拉基这座昔日绿林好汉出没的城堡里，现今住着纳唐·卡奥恩男爵。这位靠交易所投机发迹的主儿，还在交易所的那会儿就落下了个撒旦男爵的诨名。当年古堡旧主人破了产，只得靠变卖祖业维持生计，撒旦男爵就买下了这座古堡。古堡里到处都是他多年来收集的精美绝伦的家具、油画、釉陶和木雕。整座城堡只有他和三个老仆人住在里面，外人谁也休想进得城堡一步，谁也休想瞧上一眼陈列在古意盎然的大小客厅里的那三幅鲁本斯和两幅华托的名画，以及所有那些花了大价钱从拍卖行里腰缠万贯的竞争者手中夺过来的珍宝古董。

但是撒旦男爵经常有一种恐惧感。他不是为自己感到害怕，而是为这些宝贝东西在忧心忡忡。为了把这些宝贝东西弄到手，他多年来倾注了巨大的心血，凭他这手鉴别真伪的功夫，就连最狡猾的古董商也甭想夸口能引他入彀。这些名画古董是他的命根子。他就像一个守财奴那样贪婪，就像一个痴情的恋人那样嫉妒，唯恐有人觊觎他的宝贝。

每天太阳落山时分，通向吊桥两头和城堡内院的那四扇包着铁皮的大门就关得严严实实的，还上了锁。稍有动静，电铃声立即就会划破宁静的夜空。塞纳河的那一边则无须担心：迎面就是陡峭的石壁。

话说九月里的一个星期五，邮差跟平时一样到桥头来送报纸。照规矩，沉重的铁门由男爵亲自来罅开一条缝。

他上上下下仔细打量着邮差，仿佛这些年来见惯了的这张乐呵呵的脸和这双闪烁着乡下人狡黠目光的眼睛，他竟然一下子没认出似的。邮差笑嘻嘻地冲他说："是我呀，男爵先生。有谁会穿上我的衣服、戴上我的帽子来骗您哪？"

"那可没准。"卡奥恩嘟哝着说。

邮差把一沓报纸递给他,接着说道:"得,男爵先生,还有桩新鲜事儿呢。"

"新鲜事儿?"

"一封信……还是挂号的哩。"

男爵形同隐居,既没有朋友,也没有任何生意上的来往,所以从来没人写信给他。突然收到这么一封信,他顿时感到是个不祥之兆,其中恐怕有什么文章。可是,这个神秘兮兮,在他隐居之后还来纠缠他的家伙究竟是谁呢?

"您得签个字,男爵先生。"

他嘟哝着签了个字,手里拿着那封信,直到看见邮差消失在公路转角背后,又踱了几步,才把身子靠在桥栏杆上拆开信来。里面是一张折了两折的信纸,信头上写着"巴黎高等监狱"。他又看了一眼信末的签名,只见是"亚森·罗平"。他觉得全然摸不着头脑,就念起信来:

男爵先生:

阁下陈列于两间客厅的藏画中,有一幅十七世纪名画家菲利普·德·尚佩涅的珍品在下心仪已久。那几幅鲁本斯,还有尺幅更小些的华托,我也挺喜欢。在右边那间客厅里,我注意到了路易十三时代的餐具橱、博韦的挂毯、拿破仑时代的独脚小圆桌(上面刻有雅各布的签名),还有那口文艺复兴时代的衣柜。左边那间里,那些陈列珠宝和细密画的玻璃橱也都不错。

这一回我打算只拿些容易出手的东西。因此，烦请阁下于一周内将上述物件妥为装箱，托运至巴蒂尼奥尔，收件人写我名字即可（运费已付……）。倘若阁下不能办妥，在下当于九月二十七日夜里亲自登门运货。

叨扰之处尚祈见谅。顺致崇高的敬意。

亚森·罗平

又及：务请勿将较大的那幅华托寄下。此画虽系阁下花三千法郎从拍卖行购得，然实乃赝品耳。督政府时期，此画原作已于某狂欢之夜被督政官巴拉斯子爵付之一炬。详情请参见《加拉尔回忆录佚稿》。

那条路易十五时代的贵妇链饰亦不敢恭维，盖因其真伪颇可疑也。

卡奥恩男爵看完信后，心里七上八下的，乱成一团。这封信即便是别的什么人写的，也已经够让人胆战心惊的了，何况署名是亚森·罗平！

男爵向来看报看得很勤，对报上刊载的大大小小的抢劫案、谋杀案都熟悉得很，对这位巨盗的神技自然早有所闻。诚然，他知道罗平在美洲落到了老对头加尼马尔的手里，此刻正关押在监狱里，法庭很快就会对他进行审讯——尽管此事做来颇为不易，可是男爵心里明白，这个罗

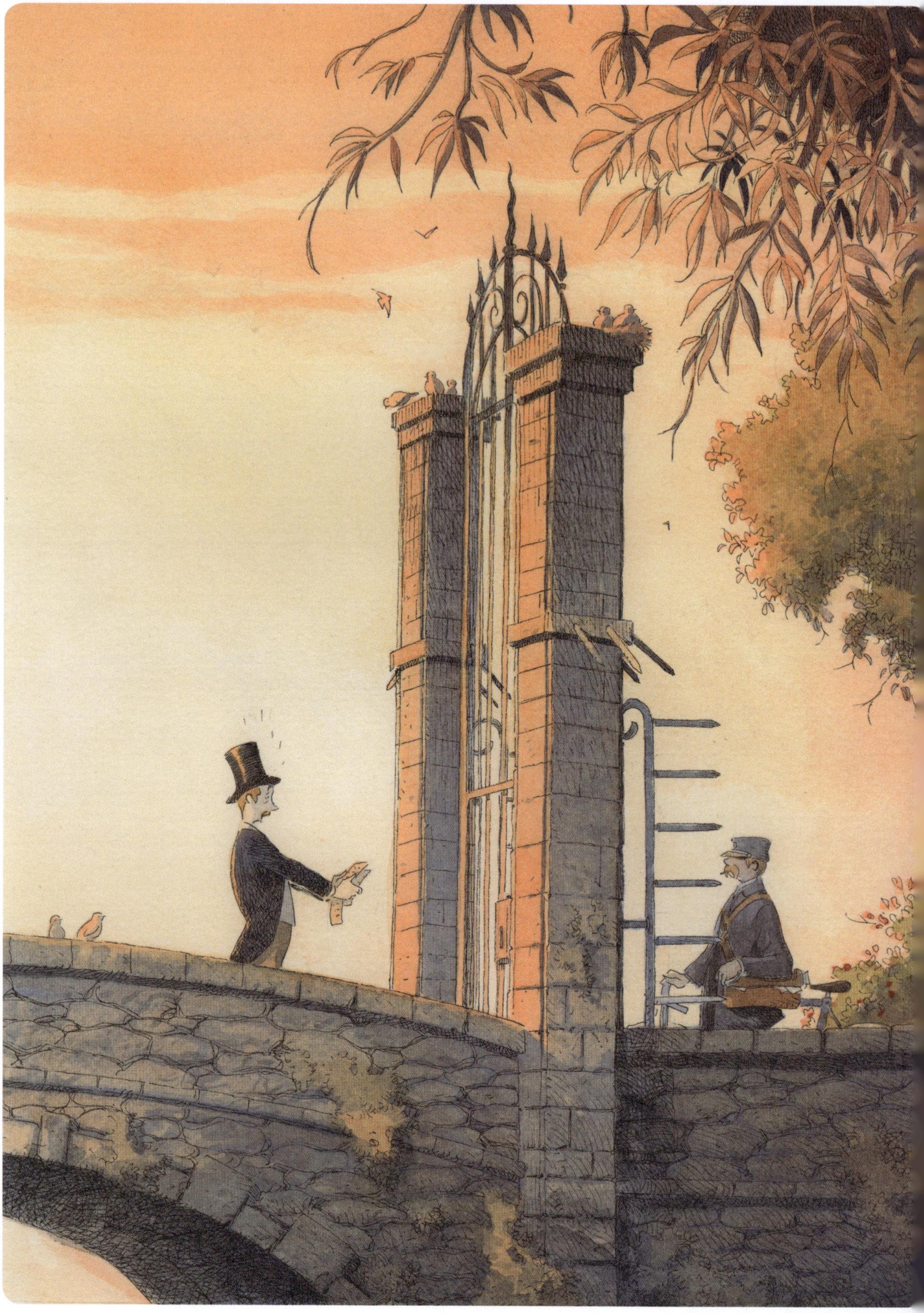

平神出鬼没，做起事来让人防不胜防。再说，这封信里对他城堡的情况，名画、家具放置的位置，全都说得那么一清二楚，这本身就是个叫人发怵的凶兆。这些外人根本无法得知的事情，究竟是谁告诉他的呢？

男爵抬起头来望望马拉基古堡狠巴巴的模样，又低下头去凝视险峻的岩礁和绕道而流的河水，最后耸了耸肩膀。不，没事，不会有什么危险的。他的这个艺术珍品的圣殿，谁也甭想闯进来。

谁也甭想，可是，亚森·罗平呢？这些铁门、吊桥、厚墙，难道就能挡住亚森·罗平了？要是亚森·罗平选准目标，打定了主意，那么即使有精心布置的关卡屏障、巧妙安排的防范措施，又能顶什么用呢？

当天晚上他提笔给鲁昂地方检察官写信，附去了这封恫吓信，要求当局援手给以保护。

复函很快就来了："来信所称亚森·罗平，确系因于巴黎高等监狱，该监狱对其看管甚为严密，断无容其执笔可能，故此事想必为好事之徒在故弄玄虚。无论逻辑、常识抑或情势，均已证明此点。然而本人为防患于万一，仍请专家做了笔迹鉴定，该专家认为，尽管笔迹不无相似之处，但此信并非出于在押犯人手笔。"

"尽管笔迹不无相似之处"这几个字让男爵慌了神，这无异于承认当局也仍有存疑之处，而在他看来，单凭这一点，司法当局就不该撒手不管。他愈想愈怕，禁不住又把那封信看了两遍。"亲自登门运货"的日期写得清清楚楚、明明白白：九月二十七日夜里！……

他生性多疑，平日里又沉默寡言，因此这会儿不想把这事告诉仆人，在他心目中，以这几个仆人的忠诚，他们未必什么样的考验都能经受得住。然而，这些年来他第一次感到有一种需要，想要找个人谈谈，让对方给自己出出主意。既然当地司法部门不肯管，他就在心里琢磨别的路子，甚至想上巴黎去向某位退休侦探求援。

两天就这么过去了。第三天他拿起报纸看着看着，差点儿没高兴得跳了起来。《科德贝克镇晨报》上登了这么一条消息，周围还加了边框：

> 近三周来，本报社有幸请到加尼马尔探长来编辑部做客。这位日前以逮捕亚森·罗平而名闻遐迩的大腕侦探，目下正在本地度假，消受垂钓之乐。

好极了！要说挫败罗平的诡计，难道还有比足智多谋、老成持重的加尼马尔更合适的人选吗？

男爵当下拿定主意，拔腿就走。科德贝克离古堡有六公里地。但绝处逢生的希望使男爵浑身来劲，走起路来脚下生风。

到得小镇后先打听探长的下落，问了几个人都不得要领，所以他干脆径直往坐落在船码头旁边的《晨报》报馆而去。在那儿找到了发那则消息的编辑。那人凑近窗口大声说道："加尼马尔？您只消沿码头往前走，准能碰见他在钓鱼。我就是在那儿碰上他的，当时我凑巧看见了他那根钓竿上刻着的名字。瞧，就是前面那个在树林里散步的小老头呗。"

"穿紧身上衣，戴着草帽？"

"没错！哎！这老头脾气可有些怪，话不多。"

五分钟后，男爵已经站在那位大名鼎鼎的侦探跟前了。他做了自我介绍，想找个话题攀谈起来。但见对方不答腔，他就决定开门见山，把来意和盘托出。

那人一动不动地静静听着，眼睛始终没离开那根钓竿。听完后，他转过脸来对着男爵，从下到上地打量了他一通，神情间满是可怜对方的意味，然后开口说："先生，有人要偷您的东西，通常是不会先通知您的。至于亚森·罗平，他就更不会这么傻了。"

"可是……"

"先生，虽说我有些犯疑，但请您相信，要是真能有机会让这位可爱的罗平先生再栽一次跟头，我当然是乐意为之的。可惜的是，这小子现在待在监狱里喽。"

"说不定他越狱了？……"

"没人能从高等监狱越狱。"

"可是他……"

"他也一样。"

"不过……"

"就算他越狱了，那也只有更好，我就又可以去把他逮回来了。不过眼前，您还是放宽心吧，当心别把这条欧鲌鱼给吓跑了。"

谈话至此结束。男爵回到古堡，加尼马尔那种镇定自若的态度使他放心了一些。他亲自检查了门锁，暗中观察仆人的举止。就这样，两天

又过去了。他在心里对自己说，看来只是虚惊一场，可不是嘛，加尼马尔说得对，真要是有人想来偷东西，怎么还会先写信通知他呢？

眼看就到那一天了。星期二，也就是二十七日的前一天的早上，平安无事。可是到了下午三点钟，有个小伙子跑来按门铃。他手里拿着一封电报。

巴蒂尼奥尔港邮件阙如。明夜望做准备。

亚森

这一下男爵又乱了方寸，失魂落魄之余，差点儿想向亚森·罗平让步讨饶了。

定了定神以后，他重又跑到科德贝克。加尼马尔还在老地方，正坐在一张帆布折凳上钓鱼。男爵一声不吭，把电报递给他。

"那又怎么样呢？"

"那又怎么样？这可就是明天的事呀！"

"什么事？"

"偷盗！把我的收藏洗劫一空！"

加尼马尔收起钓竿，朝男爵转过身来，双手抱在胸前，很不耐烦地大声说道："难道你以为这种无稽之谈也会让我感兴趣吗？"

"要是请您九月二十七日留在城堡过夜，得付多少酬金？"

"我一个子儿也不要，只要您让我安静一些。"

"出个价吧，我有钱，非常有钱。"

这种粗鲁的口气使加尼马尔愣了一下，但他随即从容不迫地回答说："我在这儿是度假，无权介入……"

"没人会知道的。我保证，无论碰到什么情况，我一定严守秘密。"

"哦！那我倒不担心。"

"嗯，那好，三千法郎，够了吗？"

探长抓起一撮鼻烟闻了闻，思索片刻，终于让步了："好吧。不过，我可得把话说在头里，您这是在拿钱往水里扔哟。"

"我不在乎。"

"既然这样……话又说回来,这个该死的罗平在玩什么鬼花样,谁又能料得准!他手下的喽啰只怕有一大帮呢……您的仆人可靠吗?"

"说实话……"

"那么,就别让他们插手了。我去发份电报,让我的两个朋友赶来帮忙,这样更安全些……现在请您走吧,别让人家瞧见我俩在一起。明晚九点见。"

第二天就是亚森·罗平约定的日子。卡奥恩男爵从盾形板上取下陈列的武器,仔仔细细擦了一遍,然后绕着整座古堡兜了一圈。没有一点可疑的迹象。

晚上八点半,他吩咐仆人都回自己屋里去。他们的房间位于城堡一头靠公路的侧楼,比城堡正面的墙壁稍稍凹进一些。仆人离去以后,男爵轻轻地打开铁门。过了一会儿,只听得传来一阵脚步声。

加尼马尔带着两个助手来了,这两条汉子又高大又结实,脖子粗粗的,胳膊上都是肌肉。听男爵介绍了古堡的布局以后,加尼马尔仔仔细细地把所有能通往信上提到的那几间客厅的门全都关好并设了障碍物。接着又检查了墙壁,连挂毯后面也掀起来看了。最后,他吩咐那两人待在通往各间客厅的那条主要的走廊上。

"别马虎,听见没有?上这儿可不是来睡觉的。一听见有动静,马上打开那扇面朝内院的窗子喊我。"

从走廊出来以后,他锁上走廊尽头的门,取下钥匙放在身边,然后对男爵说:"现在,咱们也各就各位吧。"

他选的值夜地点是内堡的一个小房间,四周都是厚重的石壁的这间密室,当年就是供守夜人用的,两头各有一个猫眼,一个望得见吊桥,另一个望得见内院。屋角露出一个井口模样的圆孔。

"您对我说过,男爵先生,当年这口井是地道的唯一出入口,而在上辈人手里,地道就堵死了,是这样吗?"

"是的。"

"那么我们尽可以放心了,除非另外还有条地道,别人谁也不知道,就只有亚森·罗平一人知道——这未免也太玄乎了吧。"

他把三张椅子排在一起,舒舒服服地躺下来,打火抽了口烟,呼出口气说:

"说真的,男爵先生,要不是亟亟乎想给那幢准备养老的小屋加盖一层,我才不会揽下这么个小儿科的活儿呢。改天我把这事儿讲给那位罗平老弟听,他准会笑得直不起腰来。"

男爵却没有一点笑容。他竖起耳朵,在四周的寂静中凝神谛听,心里感到愈来愈不安。每过一会儿他就朝那口井俯下身去,对着那个黑咕隆咚的窟窿投去惶惶然的一瞥。

午夜十二点的钟声敲过了。一点、两点的钟声也敲过了。

突然间,他猛地一把抓住加尼马尔的胳膊,把探长从睡梦中惊醒过来。"您听见声音了?"

"听见啦。"

"这是什么声音?"

"我打呼噜的声音呗!"

"不是,您再听……"

"噢!没错,那是汽车喇叭的声音。"

"嗯?"

"嗯,罗平总不见得会把汽车当撞锤来攻打您这座城堡吧?行了,男爵先生,回您的位置上去吧,我要睡了……我会再睡上一觉的。晚安。"

整个夜晚就听到过这么一次动静。加尼马尔睡着后,男爵只听得他那鼾声响亮而均匀地起伏着。

天蒙蒙亮的时候,他俩走出密室。四周静悄悄的,塞纳河上水波粼粼,整座古堡笼罩在黎明的宁静之中。卡奥恩神采奕奕,心里乐滋滋的,加尼马尔不动声色,举止仍是那么从容。两人走上楼梯,听不见任何响声,也看不见任何可疑的迹象。

"我怎么跟您说来着,男爵先生?唉,我真不该答应您的……多不好意思……"

探长取出钥匙开门,进了走廊。

那两条汉子一人占两把椅子,佝着身子睡得正香,胳膊都荡了下来。

"该死!"探长低声骂了一句。

正在此时,只听得男爵嚷道:"我的画!……我的餐具橱!……"他气喘吁吁的,一只手伸向前方,说不出话来。墙上原先挂油画的地方光

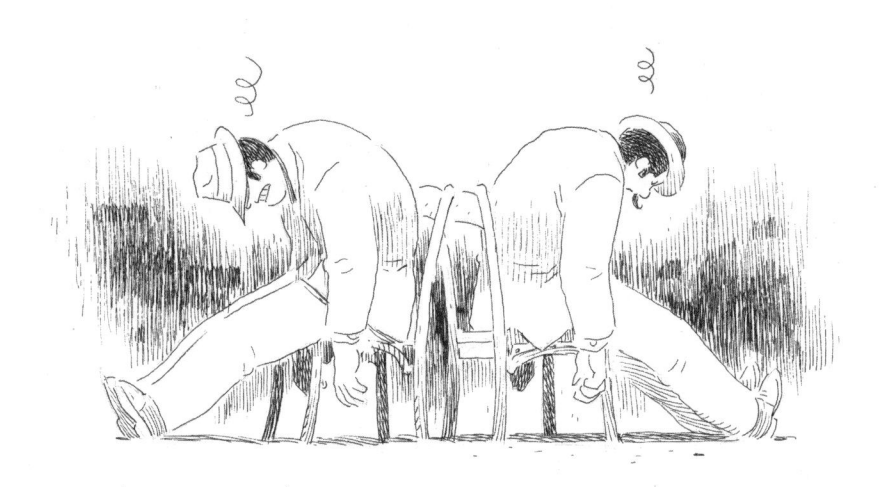

秃秃的,只剩下几枚钉子和几根绳子。那幅华托,不见了!那两幅鲁本斯,不翼而飞了!那些挂毯,也给拿走了!那些玻璃柜,里面的珠宝全给洗劫一空了!

"路易十六的大烛台!……摄政王的大蜡烛!……十二世纪的圣母像!……"

他惊慌失措,气急败坏地从一头奔到另一头,语无伦次地念叨着当初买进的价钱、现在损失的金额。他失魂落魄地双脚乱跳,浑身起着痉挛,那副疯疯癫癫的样子活像是个破了产的倒霉蛋,就差没朝脑袋上崩粒枪子儿了。

如果说还有什么让他瞧着能稍稍感到点安慰的,那就是加尼马尔那副目瞪口呆的模样了。这位探长呆若木鸡的神情跟男爵正好相映成趣。

他眼神茫然地向四下里看去。窗子？关得好好的。门锁？没撬过。天花板上没有洞，地板上没有窟窿。屋里的东西也没弄乱。整个作案过程仿佛是按照一个冷酷而周密的计划有条不紊地进行的。

"亚森·罗平……亚森·罗平。"他神情沮丧，喃喃地说。

骤然间，他纵身扑到那两条汉子跟前，拼命摇撼他们的身体，仿佛想借此发泄他的满腔怒火似的。但那两个家伙竟然还没醒来！

"见鬼！"探长说，"这又是怎么回事？……"他俯下身去，仔仔细细地瞧着这两个人：他们还在睡觉，但这显然不是正常睡眠。他对男爵说："有人给他们下了药。"

"谁？"

"还能有谁？他呗！……要不也是他手下的那帮人，可主使的是他。这一招是他的路数。"

"这么说，我完了，咱们没辙了。"

"没辙了。"

"那我可太惨了。"

"您可以去起诉。"

"那有什么用？"

"嗨！好歹试试嘛……司法当局可以帮您……"

"司法当局！您自己心里有数……瞧，这会儿您总该找找看，发现点什么线索吧，可您连身子都不挪一下。"

"发现线索，发现亚森·罗平的线索！亲爱的男爵先生，亚森·罗平干案子从来不留线索！他从来不会失手！我这会儿倒在怀疑，他在美洲那会儿是不是成心让我给逮住的。"

"照您这么说，我的那些名画，那些古董，就该白丢了不成！可他偷的都是我最贵重的收藏品哪。我宁愿出一大笔赎金也要找回那些宝贝。要是我们真的走投无路了，那就让他出个价吧！"

加尼马尔凝视着他："您这还像个明白人。说话算话，不后悔？"

"不，不后悔，决不后悔。可您问这话总有个意思吧？"

"我想到个主意。"

"什么主意？"

"等调查完了再说吧……不过，要是您想让我得手的话，就一个字也别提起我。"

那两个家伙渐渐苏醒过来了。那副呆滞的表情，正是服了催眠剂醒来的样子。两人睁眼诧异地望着四周，不明白出了什么事。加尼马尔盘问他们，但两人什么也记不起来。

"可你们总该看见过什么人吧？"

"没有呀。"

"再想想看？"

"没，没有。"

"你们喝过什么东西吗？"

两人想了想，其中一人回答说："是的，我喝过一点水。"

"是这个水瓶里的？"

"对。"

"我也喝了。"另一个说。

加尼马尔拿起水瓶嗅了嗅，倒出几滴凉水尝了尝。水没有气味，也没有什么特别的味道。

"行了，"他说，"咱们这是在浪费时间。亚森·罗平出的题，光有五分钟是解不出来的。可是我发誓，我一定要再逮住他。第二局他赢了，可我一定要赢决胜局！"

当天，卡奥恩男爵提呈了一份诉状，控告罪名是"有加重情节的盗窃罪"，控告对象是亚森·罗平，巴黎高等监狱的在押犯人！

这份诉状事后却让男爵吃了后悔药。当他眼瞅着那么些警士、检察官员、预审法官、记者，还有一大帮子看热闹的人在古堡里进进出出、到处乱窜的时候，他真是懊悔至极。

这桩案子已经煽起了公众的热情。偷窃案发生在这么一个特定的环境，亚森·罗平的名字又是这么容易让人想入非非，因此报纸的专栏里连篇累牍都是些匪夷所思的传闻，而公众居然也都信以为真。

但发表在《法兰西回声报》上的那封亚森·罗平的原信（没人知道信的内容究竟是谁捅给报社的），那封使卡奥恩男爵不胜惶恐的恫吓信，却在舆论界引起了轰动。立时就有种种解释出笼。又有人提到了那条著名的秘密地道。检察院迫于舆论的压力，也朝这个方向进行了一系列的工作。

古堡从上到下里里外外给搜了个遍。石墙的每块岩石都检查过，护壁板和壁炉也都仔细看过，就连镜子的边框和天花板的横梁也没放过。一行人还打着火把搜查了地下室，这个空荡荡的地下室以前是古堡历代主人堆存弹药给养的场所。但是一切都是白费劲。连地道的影子也没瞅见。看来秘密通道纯属无稽之谈。

"就算是这样吧，"四下里沸沸扬扬，有人又发话了，"可那些家具和油画，总不会像幽灵那样变得无影无踪吧。它们不是从门就是从窗户给弄出去的，那些偷东西的家伙当然也得从门或窗户进进出出。可那些人是谁呢？他们是怎么进这城堡，又怎么出这城堡的呢？"

鲁昂地方检察官自认技穷，向巴黎警署求援。警署保安长官迪杜瓦先生带领手下最精干的探员，亲临马拉基城堡勘察了四十八小时，结果一无所获。

无奈之下，长官大人只得召见多年来为他立过不少汗马功劳的加尼马尔探长。

加尼马尔默不作声地听完了上司的训示，然后摇摇头开口说道："我看，老盯着城堡不放，这路子走岔了。破案的症结得在别处找。"

"在哪儿找？"

"在亚森·罗平身上。"

"在亚森·罗平身上！这不等于承认这事儿是他在牵线吗？"

"这一点我不仅承认，而且认为是毋庸置疑的。"

"行啦，加尼马尔，这太离谱了。亚森·罗平在监狱里关着哩。"

"亚森·罗平关在监狱里，这没错。您还会说，他处于严密的监视之下，这我也同意。可是，即使让他戴上脚镣手铐，嘴里塞上东西不让他出声，我还是坚持认为他脱不了此案的干系。"

"您干吗认定他不放呢？"

"因为只有亚森·罗平才能设计这样一出好戏……而且把它演得这么有声有色。"

"您尽说些空话，加尼马尔！"

"这是事实！现在，请您命令他们停止搜寻地道和转石机关之类的玩意儿。我们这位罗平先生是不会玩这些旧把戏的。他一向不落伍，总是走在时代前面。"

"您到底打算怎么做？"

"我打算请您准许我去见他，跟他谈一小时话。"

"在牢房里？"

"对。从美洲回来的途中，我和他相处得挺不错，我敢说，他对我这个逮得住他的人颇有好感。只要他向我提供的情况不致给他加重罪名，我想他是不会眼看着让我白跑一趟的。"

加尼马尔被带进亚森·罗平的单人牢房时，已经是中午过十二点了。亚森·罗平正躺在床上，抬头看见进来的是加尼马尔，他高兴得喊出声来。

"嗨！可真没想到哪。这不是亲爱的加尼马尔老兄吗！"

"正是在下。"

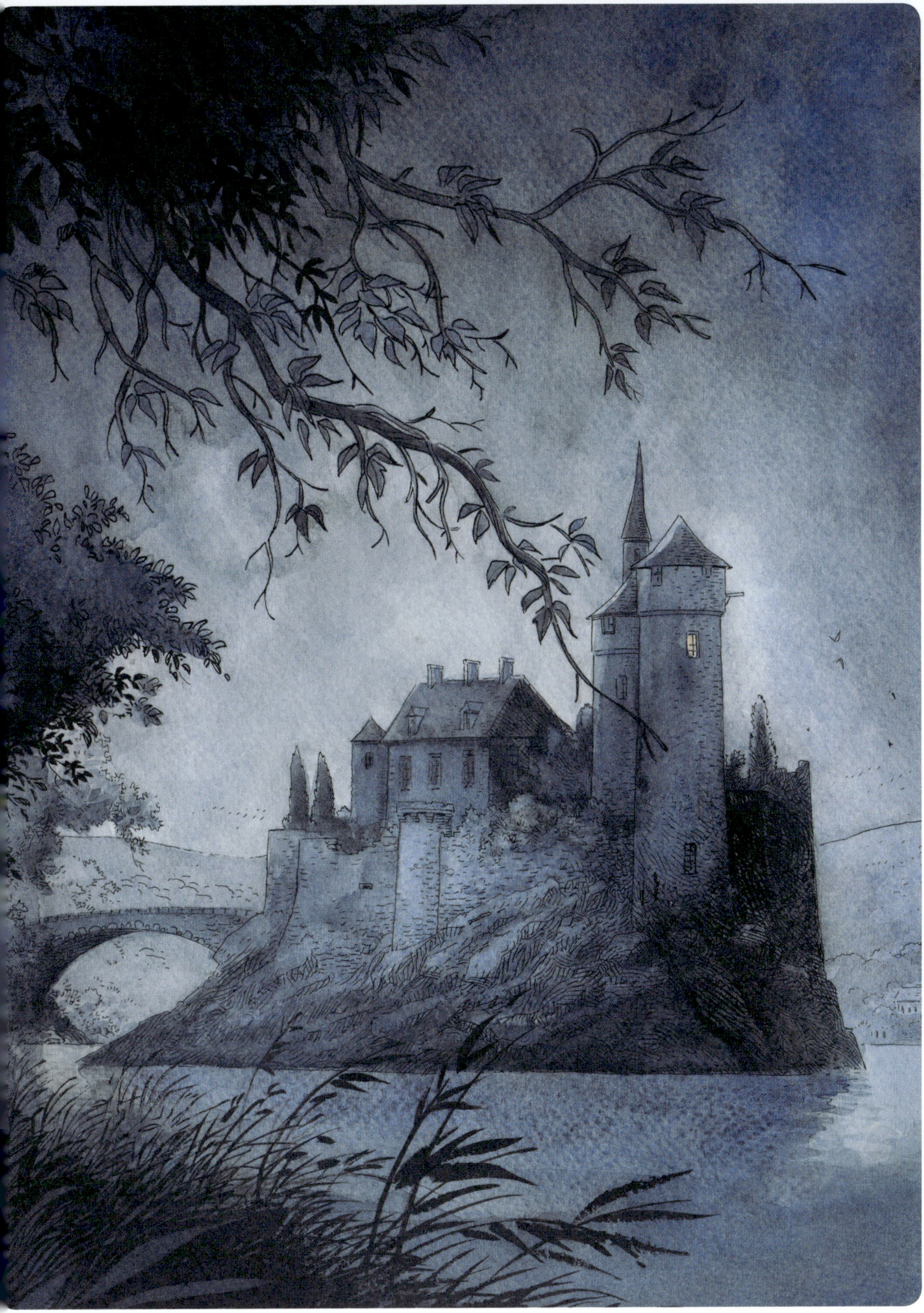

"在眼下的这种赋闲生活里，我想的事倒不少……可是再也没有比见到你更叫我高兴的事啦。"

"你太客气了。"

"哪儿呀，瞧你说的，我一向对阁下评价很高。"

"承蒙夸奖。"

"我老跟人说：'加尼马尔是我们最好的侦探。他差不多比得上——你知道我说的是真心话——差不多比得上福洛克·歇尔摩斯了。'瞧，真对不起，我都忘了把这木凳递给你让你坐哩。也没什么好喝的，连杯啤酒都没有。真抱歉，你知道，我在这儿只是暂住一阵。"

加尼马尔笑嘻嘻地坐了下来，亚森·罗平显得谈锋很健，又接着说道："老天哪！眼前能见着这么位正人君子可真让人高兴！那些密探、狱卒的嘴脸我可真是看腻了，他们每天都要十回八回地跑来瞅瞅我的口袋，瞅瞅这么个不像样的房间，生怕我在准备越狱。哎哟，当局可太抬举我啰！……"

"这是事出有因……"

"哪能呢！能有这么个小小的天地安安生生地过日子，我高兴还来不及呢！这有多好……"

"靠人家来养你。"

"可不是？这事就这么简单！瞧我，光顾着说话了，唠叨个没完，说不定你还有急事呢。说正事吧，加尼马尔！大驾光临有何贵干哪？"

"我是为卡奥恩那桩案子来的。"加尼马尔开门见山地说。

"等等！稍微等等……我这儿的头绪太多了！我们来瞧瞧，我脑子里那份卡奥恩的卷宗都记了些什么……噢！有了。卡奥恩，塞纳河下游马拉基城堡，鲁本斯两幅，华托一幅，另外还有些小东西。"

"小东西！"

"哦！说真的，这些东西值不了几个钱，比这贵重的东西有的是！可就这么桩案子已经把你给惊动了不是……接着往下说，加尼马尔。"

"是否需要我把预审调查的进展情况告诉你？"

"不用啦。今儿早上我看了报纸。恕我直言，你们进展得不快哪。"

"就为这缘故，我才来请你帮忙的。"

"愿意效劳。"

"首先是这个问题：这案子是你主使的吗？"

"从头到尾全是我在张罗。"

"那封信？电报？"

"也都是在下的手笔。恐怕我还能找到收据哩。"

亚森拉开一张白色小木桌的抽屉，从里面取出两张纸递给加尼马尔。这张桌子再加上床和木凳，就是他在这间牢房里的全部家当。

"什么！"加尼马尔失声喊道，"我还以为他们把你看得严严实实，决不会让你身边留下一星半点东西的呢。可你居然还看报纸，还把邮局收据也藏着……"

"啐！那些家伙都是白痴！他们把我的上衣衬里全拆开检查，靴底也看过，就连墙壁也敲过听过，可是谁也没想到亚森·罗平居然会把东西藏在这么方便的地方。这一点我早料定了。"

加尼马尔听得津津有味，禁不住称赞说："真是神乎其神！连我都给弄蒙了。得，把这案子详详细细给我讲讲吧。"

"嗨！瞧你说的！把事情原原本本都告诉你……把我那点小小的把戏都抖搂给你看……这可不是开玩笑的。"

"我指望你会跟我合作，莫非看走眼了？"

"不，加尼马尔。好吧，既然你坚持……"

亚森·罗平在牢房里踱了两三个来回，然后停下来说："你对我写给男爵的那封信有何想法？"

"我想你是调侃他，吓唬吓唬他。"

"啊！这可是你说的，吓唬吓唬他！唔，说实话，加尼马尔，我还以为你会更聪明些呢。难道我亚森·罗平会耍这种孩子气吗！倘若我不加声张就能把男爵的东西弄到手，难道我还会给他写那封信吗？你和你们那些人得明白，那封信是一个必不可少的出发点，整部机器就是靠这根发条启动的。好吧，要是你真想听，我就把马拉基古堡失窃案的前前后后，一五一十地从头讲给你听吧。"

"我洗耳恭听。"

"那好，先假定有这么个戒备森严的城堡，比如说就是卡奥恩男爵的这座城堡吧。城堡里珍藏的那些名画、古董早就让我心痒痒了，难道因为城堡防范严密我就会罢手不成？"

"当然不会。"

"难道我还会像从前那样带一帮人去硬冲？"

"怎么会呢！"

"那么偷偷地溜进去？"

"也不行。"

"剩下还有一个办法，照我看也是唯一的办法，那就是让那座城堡的主人把我请进去。"

"这办法倒很别出心裁。"

"而且容易之至！假定说吧，有一天那位城堡主人收到一封信，警告他说大盗亚森·罗平在策划对他下手。那他会怎么做呢？"

"把这封信交给检察官。"

"检察官准会以为他在开玩笑，因为他说的那个罗平正在监狱里。这样一来，六神无主的城堡主人势必就会病急乱投医，你说是不是？"

"毫无疑问。"

"要是他碰巧看到报上的一则小消息，得知有位著名的侦探正在邻近的小镇上度假……"

"他准会跑去找那个侦探。"

"说得对。不过，就亚森·罗平这方面来说，他想准这着棋以后，还得去请一位机敏过人的朋友出面，到科德贝克去小住一阵子，设法跟《晨报》的哪个编辑拉上关系，因为男爵是订这份报纸的。然后他就把自己的身份透露给那个编辑听，让对方知道镇上来了位大侦探，这时候会怎么样呢？"

"那编辑准会在《晨报》上发消息，声称那位大侦探正在科德贝克。"

"一点儿不错。于是有两种可能的情况：一种是鱼儿——我是说卡奥恩，不上钩，那就没戏了。另一种可能性更大，就是他忙不迭地跑去找人。这一下，这位卡奥恩老兄就要央求我的朋友来对付我了！"

"事情越发妙不可言了。"

"自然，那个假侦探起先一口回绝。这当口，来了亚森·罗平的那封电报。男爵心急火燎地跑去许愿，非要我这位朋友救救他不可。于是我这位朋友答应下来，还带去了两个伙计，当然也是我手下的人。晚上趁卡奥恩让他的保护人给看住的机会，那两个伙计把那批货搬上窗口，用绳子吊下去，外面早停着一艘特地租来的小艇。事情就这么简单。"

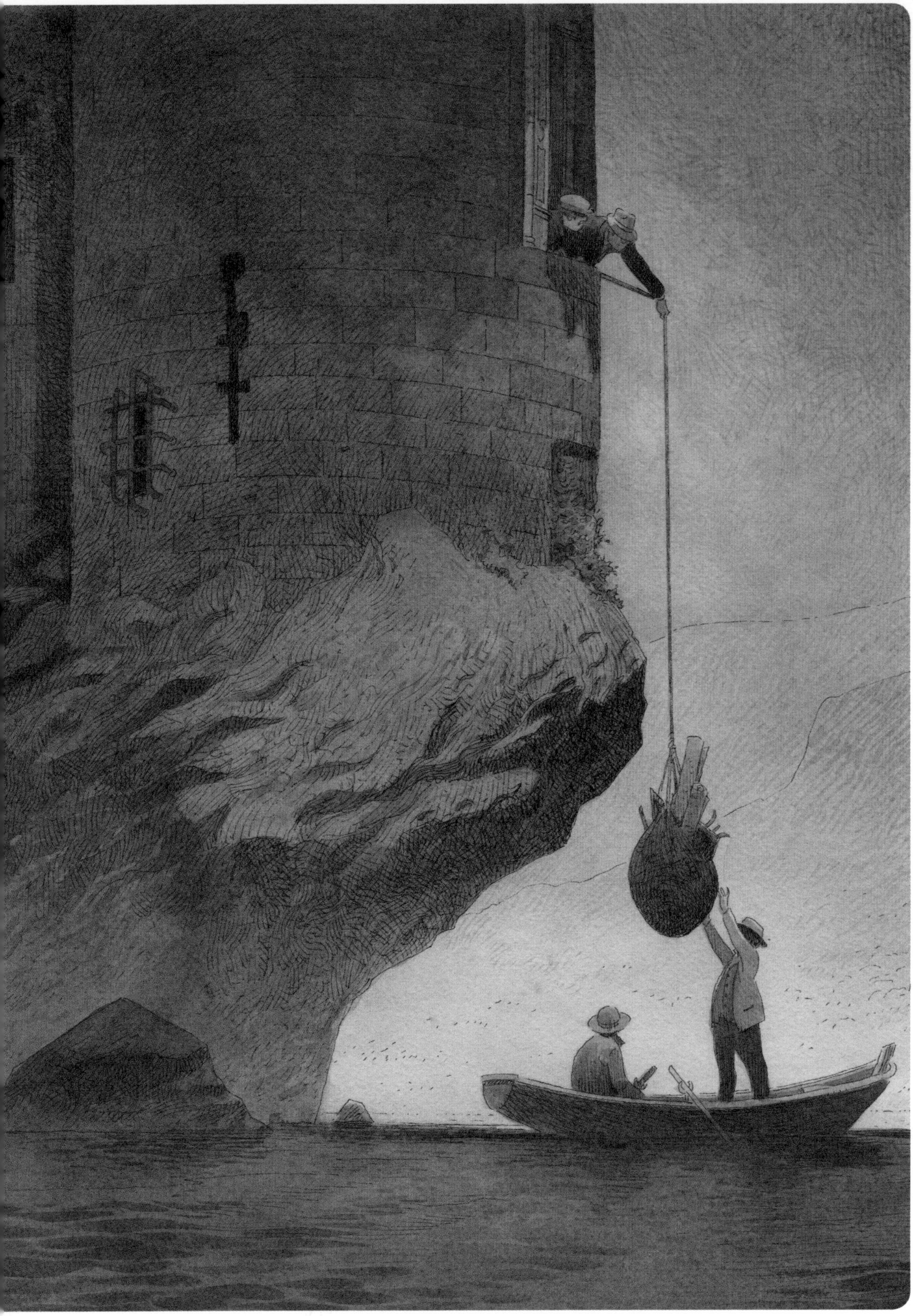

"真是妙极了，"加尼马尔大声说道，"我都不知道说什么好了，这主意称得上出神入化，干得也利索漂亮。可我不明白，有哪位侦探的名头能让男爵佩服得这么五体投地的。"

"有一位，而且只有一位。"

"谁？"

"此人大名鼎鼎，向来是亚森·罗平的对手，这不，加尼马尔探长。"

"我？！"

"正是阁下。这一下就妙了：要是你上那儿去，而男爵决定把事情对你和盘托出，那你就会发现你的任务就是逮住你自己，就像你在美洲逮住我一样。嘿！这个报复挺有戏剧性吧：我让加尼马尔去逮他自己！"

亚森·罗平纵声大笑。探长神色尴尬，咬着自己的嘴唇。在他看来，这种玩笑根本不值得这么开怀大笑。

这当口，一个狱卒进来送饭，加尼马尔正好趁这机会镇定了一下情绪。亚森·罗平在狱中享有特权，午饭是从附近一家餐馆送来的。狱卒把托盘放在桌子上，就转身出去了。亚森掰下面包吃了一口，又说道："你尽管放心，加尼马尔老兄，你不用上那儿去了。我可以向你透露个消息，你听了准会大吃一惊的：卡奥恩的案子已经准备结案了。"

"什么？"

"我说准备结案了。"

"得了吧，我刚从保安长官那儿来。"

"那又怎么样？难道迪杜瓦先生对我干的事能比我还摸底？我告诉

你，那个加尼马尔——对不起——那个假加尼马尔跟男爵相处得挺好。男爵后来之所以没有张扬，主要原因就是想让这个假加尼马尔来跟我秘密接头，私下做一笔交易。男爵付了一笔赎金，所以大概就在刚才吧，他的那些小玩意儿已经回到他手里了。物归原主以后，他就会撤回起诉，检察官当然也就罢手，所以这桩窃案了结了……"

加尼马尔目瞪口呆地望着亚森·罗平，"这些事情你是怎么知道的？"

"我刚收到一份电报，我一直在等它哩。"

"你刚收到一份电报？"

"就刚才，老兄。出于礼貌，我本想别当着你的面打开来看。不过如果你允许……"

"敢情你是在取笑我，罗平？"

"不敢。请把这只水煮蛋敲开，你会亲眼看到我绝无取笑之意。"

加尼马尔不由自主地照着做了。他拿起一把餐刀，把蛋壳敲开，随即发出一声惊叫。原来蛋壳里是一张蓝色的小纸条。亚森请他把纸条摊开。这果然是封电报，但更确切地说，是半封电报，因为盖有邮戳的那一半已经撕掉了。他念道：

事已办妥。十万法郎收讫。一切顺利。

"十万法郎？"加尼马尔嚷道。

"对，十万法郎！这笔钱也派不了多少用场，日子不好过呀……我的花费可大着哪！你不知道，我的日常开销……够得上整个一座大城市的开销呢！"

加尼马尔立起身来。他的火气已经消下去了。他思忖了几秒钟，把整个案子的前前后后飞快地在脑子里过了一遍，没能找出一点纰漏。他由衷地说道："幸亏没有十个八个像你这样的高手，要不警署只好关门了。"

亚森·罗平做出谦虚的样子，回答说："哦！一个人总得排遣排遣，消消闲吧……何况这档子事也只有趁我在狱中这会儿才做得成哪。"

"怎么！"加尼马尔喊道，"预审，开庭，辩论，这么些事还不够你消闲的？"

"可不是，因为我不打算参加开庭了。"

"你说什么？"

亚森·罗平从容不迫地重复说："我不打算参加开庭。"

"当真？"

"得了，老兄，难道你以为我会老睡在这潮乎乎的麦秸上不成？你未免忒小看我了。亚森·罗平只有在他想待在狱中的时候才待在狱中，要不多待一分钟也不行。"

"恐怕还是一开头就别进来更稳当些吧。"探长反唇相讥。

"哦！阁下是在取笑我！阁下是想起逮住我的那个光荣时刻了？我尊敬的朋友，你得知道，在那个节骨眼上，要不是另外有件更要紧的事儿把我吸引住了，任凭是你还是别的什么人，谁也别想逮得住我。"

"我可不信。"

"当时有位姑娘正在瞧着我,加尼马尔,而我爱着她。被一位你钟爱的姑娘瞧着,你明白其中的滋味吗?别的事情我全顾不上了,真的。就为这缘故,我才到了这里。"

"请允许我提醒你一句,你在这里待的时间也不短了。"

"首先我是想把这事给忘了。别笑啊:我和那位姑娘的相遇是很有浪漫色彩的,那份柔情蜜意我一时三刻还没法忘怀……其次呢,我有点儿神经衰弱!这年头,生活太紧张喽!有时候确实得试试所谓的隔离疗法。这里的作息制度再合适不过,算得上是正宗的隔离疗法。"

"亚森·罗平,"加尼马尔说,"你是在逗我。"

"加尼马尔,"罗平说,"今儿是星期五,咱们约定下星期三下午四点,我去佩戈莱兹街,到府上抽雪茄。"

"一定恭候。"

两人像彼此都很器重对方的老朋友那样握了握手,然后探长向房门走去。

"加尼马尔!"

探长转过身来。"什么事?"

"加尼马尔,你把表忘在这儿了。"

"我的表?"

"对,它不知怎么搞的,跑到我袋里来了。"亚森·罗平边说边把表递过去,"对不起……一个坏习惯……不过我倒并不是因为他们拿走了

我的表才来拿你的表的。再说我这儿还有块挂表呢，用起来挺方便的。"说着，他从抽屉里掏出一块沉甸甸的镀金大挂表，上面还连着一根粗粗的链条。

"这块表又是从哪个口袋里跑过来的？"加尼马尔问道。

亚森·罗平漫不经心地瞧了瞧表壳上的首写字母。"J.B.……这算是哪个家伙呀？……噢！对啦，想起来了，是于勒·布维埃，我的那位预审法官，一个挺可爱的老头……"

亚森·罗平越狱记

亚森·罗平刚吃过午饭，正悠然自得地从衣袋里摸出一支箍着金色商标纸的上等雪茄，乐滋滋地端详着它，却不料牢房的门突然打开了。他赶忙把雪茄扔进抽屉，起身离开桌子。进来的是看守，放风的时间到了。

"我是在等你呢，伙计。"罗平大声说道，他向来情绪极佳。

看守带着罗平出了牢门。他们的身影刚转过甬道的拐角，立即有两个人窜进牢房，动手进行彻底的搜查。这二位就是迪厄齐警探和福朗方警探。

事情是该了结喽。有个情况是明摆着的：亚森·罗平和他的喽啰们保持着联系，他们内外串通、里应外合。就在昨天，《时报》上还登了这样一封信：

阁下：

您于日前见报的一篇文章中提及在下的种种说法，纯系一面之词。为此，在下当于开庭前数日内趋前就教，澄清视听。

顺致敬意。

亚森·罗平

来稿上分明是亚森·罗平的笔迹。这就是说，他在往外发信。这就是说，他照样能收到信。这就是说，他那么狂妄地宣称要越狱并非儿戏，他肯定已经在着手做准备了。

这已经到了让人无法容忍的地步。于是巴黎警署保安长官迪杜瓦先生决定由预审法官陪同，亲临高等监狱向典狱长面授机宜。而且，下车伊始，他就派出两名手下前去搜查在押犯的单身牢房。

那两名警探使出浑身解数，把地砖一块块都掀起来看过，连床也拆开来检查过，可还是一无所获，什么也没搜到。两人正要歇手，只见那看守急匆匆地跑了过来。

"抽屉……"看守冲着他俩说，"瞧瞧这张桌子的抽屉。我刚才进来的当口，好像瞅见他关抽屉来着。"

两个警探拉开抽屉一看，迪厄齐不觉失声嚷道："老天有眼，这下子咱们可逮住这家伙的尾巴啦。"

福朗方拉住他。"别动，老弟，咱们得让头儿自己来检查。"

"瞧这雪茄，还是上等货哩……"

"别碰这支哈瓦那雪茄，咱们这就去叫头儿来。"

两分钟后，迪杜瓦先生已在细细地检查抽屉里的东西。他先是拿出一沓《征信新闻》的剪报，内容都与亚森·罗平有关，接着是一只烟丝袋、一只烟斗和一叠薄型书写纸，最后是两本书。

他看了看书名。一本是卡莱尔的《论英雄崇拜》，英文版的，另一本《爱比克泰德格言录》是按一六三四年在莱登出版的德文译本重印的版本。他把两本书都翻了翻，发现好多书页上都打了杠杠画了线，有的还加了批注。这些究竟是约定的暗号，还是仅仅表明读者阅读热情的记号呢？

"待会儿得仔细研究一下。"迪杜瓦先生说。

他检查了烟丝袋和烟斗。而后，他拿起那支箍金圈的名牌雪茄大声说道："喔唷，这家伙把自己当作亨利·克莱了！"他做了个嗜烟者的下意识动作，把这支雪茄举到齐耳朵那么高，然后用力一捏。谁知这支雪茄经不住他这一捏，竟然散了开来。这下子他不由得惊叫了一声，赶忙定睛细看，只见烟丝中间露出一样白颜色的东西。他小心翼翼地用别针把这张捻成牙签般粗细的纸条挑了出来。原来是封信，上面是女人娟秀的笔迹：

篓子已换包。十格中八格已弄妥。用脚往外踩，板壁即开。每日十二至十六，H-P 等您。何处下手？望速告。一切放心，有我在为您张罗。

迪杜瓦先生思索片刻，然后说道："事情已经够清楚了……篓子是指囚车……里面的八个囚位……十二至十六，是说从中午到下午四点……"

"可是这等他的 H-P 是谁呢？"

"H-P 嘛，照这样看来应该是指汽车，H-P, horsepower, 体育行话不是用这表示发动机马力的吗？比如，二十四 H-P，就是指一辆二十四马力的汽车。"他立起身来问道，"犯人当时吃完午饭了吗？"

"吃完了。"

"从雪茄没拆开这一点来看，他还没来得及看到这张纸条，很可能这信他是刚收到。"

"怎么带得进来呢？"

"那我怎么知道，反正不是藏在菜里，就是嵌在面包或者土豆中间呗。"

"这不可能，我们准许他外买是存心设下的圈套，送进来的饭菜全都检查过，没有发现过任何问题。"

"今天晚上就能发现罗平的回条了。现在，先稳住他别让他回牢房。我把这封信拿去给预审法官先生看一下。要是他也同意我的看法，我们就马上让人把原信翻拍下来，一小时以后你们再把所有这些东西，包括一支原式原样夹有这封信的雪茄在内，统统放回抽屉里去。千万不能让犯人起半点疑心。"

当天晚上迪杜瓦先生由迪厄齐警探陪同，再次来到高等监狱的档案室时，心里确实颇有几分好奇。屋角的炉子上摆着三个菜盘。

"他吃过了？"

"是的。"典狱长答道。

"迪厄齐，请您把这些吃剩的通心粉条都剖开，再把这些面包头也掰开……没有？"

"没有，长官。"

迪杜瓦先生亲自检查了盘子、餐叉、餐匙，最后查到餐刀。这是一把普通的钝口餐刀。他把刀柄往左一扳，又往右一扳。往右扳时，刀柄脱了下来。原来刀柄是空心的，里面刚好放得下一卷小纸条。

"啐！"他说，"亚森这家伙也不见得有多神嘛。不过我们还是得抓紧时间。迪厄齐，您马上到那家餐馆去调查一下。"接着他打开纸条念道：

> 有您我就放心了。告诉 H-P 每天拉开一段距离跟在后面，我会跑过去的。不久就能见到您了，我的宝贝。

"我看，"迪杜瓦先生搓着双手大声说，"这案子这就有了眉目。我们稍稍帮他一把，他就算越狱成功了……这样一来，我们就可以把他那些同伙一网打尽。"

"可要是亚森·罗平真从您手心里溜走了呢？"典狱长提出异议。

"到时候我会派出足够的警力。他要是真敢耍花招……哼，那他就得吃不了兜着走！咱们撬不开他的嘴巴，难道还撬不开他那些喽啰的

嘴巴？"

可也是，从亚森·罗平嘴里还真的什么也问不出来哩。几个月来，预审法官于勒·布维埃先生为此枉费了不少心机。每次提审弄到头来，都变成了法官和律师之间枯燥乏味的会谈，而这位大名鼎鼎的堂瓦尔先生虽说是律师界的大腕，但对被告的情况也并不见得比那一位了解得更多些。

审着审着，亚森·罗平有时也会出于礼貌开开腔："没错，法官先生，咱们这就结了：里昂信贷银行和巴比伦街上的抢劫案、印制假钞案，还有那起保险单的案子，再加上阿梅斯尼尔、古雷、安勃尔万、格罗斯利埃和马拉基城堡的失窃案，所有这些案子，都是在下干的。"

"那么，您总可以向我解释一下……"

"不用啦，我全都承认，连锅端啦。您还能想出点什么来，我也照单全收。"

这种旷日持久的预审，连法官自己也觉得腻味得很。但自从截获那两张纸条以后，情况就有所不同了，作为证据的那两张纸条现在掌握在布维埃先生手里。于是，每天中午亚森·罗平都得跟着一批收监犯人乘上囚车，从高等监狱押到拘留所去过堂。到了下午三四点钟光景再原车押回监狱。

有一天情况有些特殊。其他犯人都还审讯未了，法官决定先把亚森·罗平押送回去。于是他独自一人登上了囚车。

这种囚车俗称"生菜篓子"，整个车厢被中间那条走道分成两半，左右两边各五个囚位，总共十个囚位。每个囚位都很逼仄，犯人待在里面只能保持坐姿，而且囚位与囚位之间都有隔板隔开。一个保安警察守在走道一头，就能监视整个车厢的动静。

亚森被带到右边第三个囚位，接着，这辆笨重的囚车就开动了。他感觉得到车子驶离大钟码头，正在经过高等法院。而后，等车子驶到圣米歇尔桥中央的当口，他举起右脚踩在车厢板壁上。顷刻间有样什么东西断裂了，车厢板壁悄没声儿地罅了出来。他发觉自己的位置正好在两个车轮的中间。

他停住不动，警觉地看了看周围。囚车正以正常速度沿圣米歇尔大街往前驶去。到了圣日耳曼大街路口，车子戛然停住。一辆运货马车的辕马栽倒在地上，交通完全给阻塞了。顷刻间，出租马车和公共马车挤作了一团。

亚森·罗平探出头去，只见另外有辆囚车跟这辆并排停在一起。他稍稍再把头抬起一些，一只脚踩在高高的车轮的辐条上，纵身往下一跳，双脚就着了地。

街心有个马车夫瞧见他这模样，不禁放声大笑，笑了一阵才想到叫嚷。但这时交通已经恢复，他的叫嚷声早淹没在车水马龙的喧嚣声中。再说，这时亚森·罗平也走远了。

亚森·罗平先是奔了几步，但到了左边的人行道上，就回过身来往四下里扫了一眼，像是在窥测周围的情况。但凡一个人不很清楚接下来该往哪儿走的时候，常会这么先张望一番。随后，他似乎拿定了主意，两手

插在裤袋里，继续沿圣米歇尔大街往前走去，神情悠闲得就像是在逛街。

正是秋高气爽的时节，天气不冷也不热，拂面吹来的微风清新而宜人，咖啡馆里都坐得满满的。他拣了一个露天座坐了下来。

他要了一杯酒、一包香烟。他小口小口地呷完了这杯酒，笃悠悠地点起一支烟，随后又接了一支。最后，他立起身来，关照侍者请经理出来说话。

经理出来了，亚森·罗平提高嗓门好让大家都听见他对经理说的话："很抱歉，先生，我忘了带钱包了。说不定我的名字您很熟悉，因而会不介意通融一下，让我赊欠几天工夫：我叫亚森·罗平。"

经理瞧着他，心想这准是开玩笑。可是亚森又说了一遍："我就是罗平，高等监狱的在押犯，眼下正在越狱途中。我相信您听到这个名字一定会有一种信任感。"说完，他不等那一位再开口说什么，就在一片哄堂大笑声中扬长而去。

　　他斜穿过苏弗洛街，折进圣雅克街，不紧不慢地一路往前走，一路吸着烟卷，还不时停下脚步浏览一下商店的橱窗。到了皇港大街，他辨了辨方向，思忖片刻，然后对准高等监狱街的方向径直走去。不多一会儿，高等监狱那堵阴森森的高墙就在眼前了。他沿着高墙往前走，来到大门的岗哨跟前，摘下帽子说道："这儿就是高等监狱吧？"

　　"是呀。"

　　"我得回牢房去。车子半路上把我甩下了，可我不想钻这空子……"

　　岗哨低声骂道："我说，你给我滚一边去，快走！"

　　"别介，别介！我不走这扇门就回不去喽。可您要这么拦着我亚森·罗平不让进去，这责任怕也担待不起吧，朋友！"

　　"亚森·罗平！你在瞎扯些什么呀？"

　　"对不起，我身边没带名片。"亚森边说边装作掏衣袋的样子。

　　岗哨从上到下打量着他，一下子傻了眼。而后，他不作一声，身不由己似的拉了下铃。铁门开了。

　　几分钟后，典狱长冲进档案室，挥手划拳地装作火冒三丈的样子。亚森笑了起来。"得了，典狱长先生，别再跟我捉迷藏啦！怎么着，你们有意把我一人带上车，又事先安排了交通堵塞这么场戏，你们难道以为我就会一溜烟似的跑去找我的伙伴吗？唔，保安处有二十个暗探盯着我呢，有步行的，有骑单车的，也有驾出租马车的，对不对？我早晚得

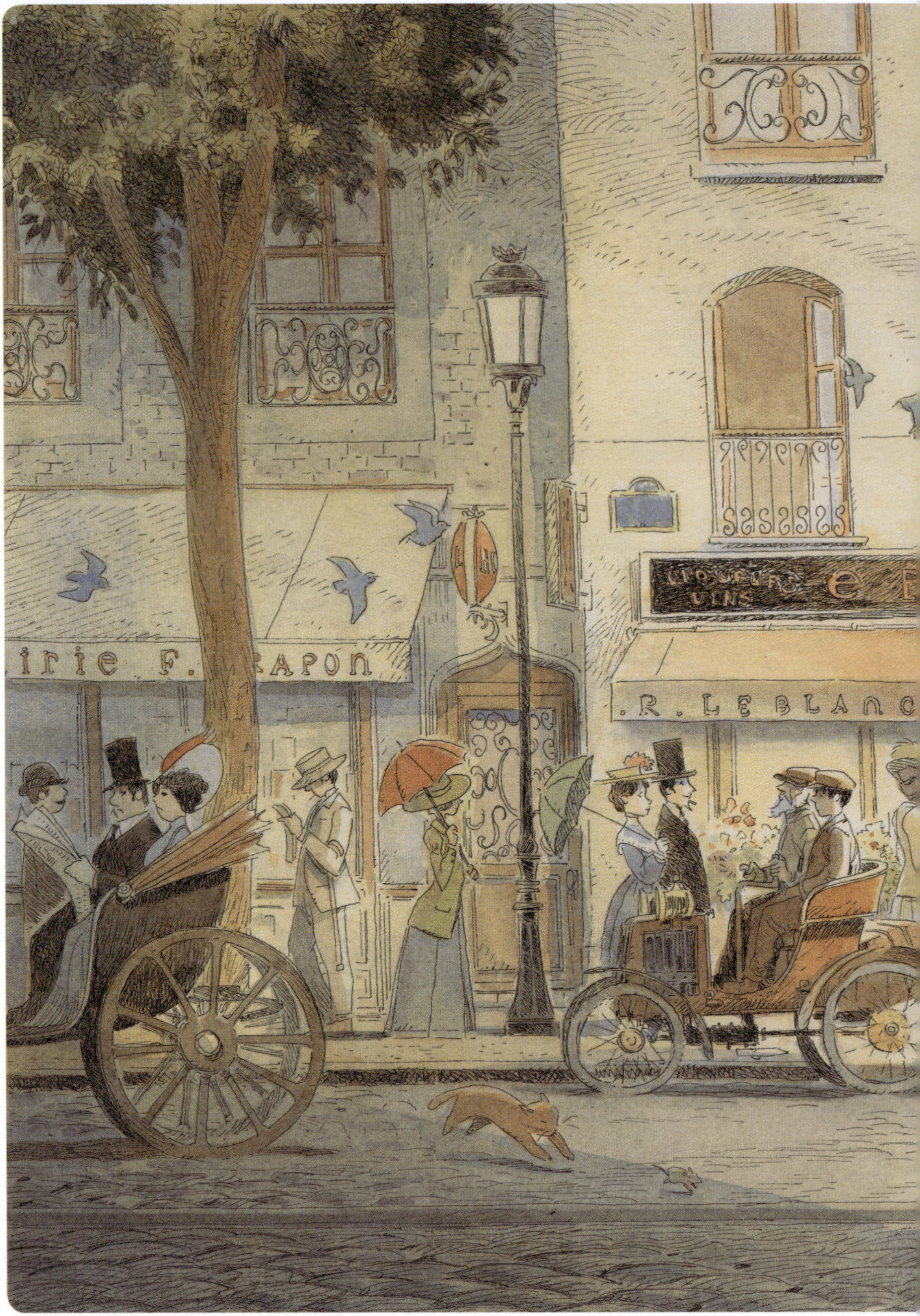

LIQUEURS
VINS
.R. LEBLANC

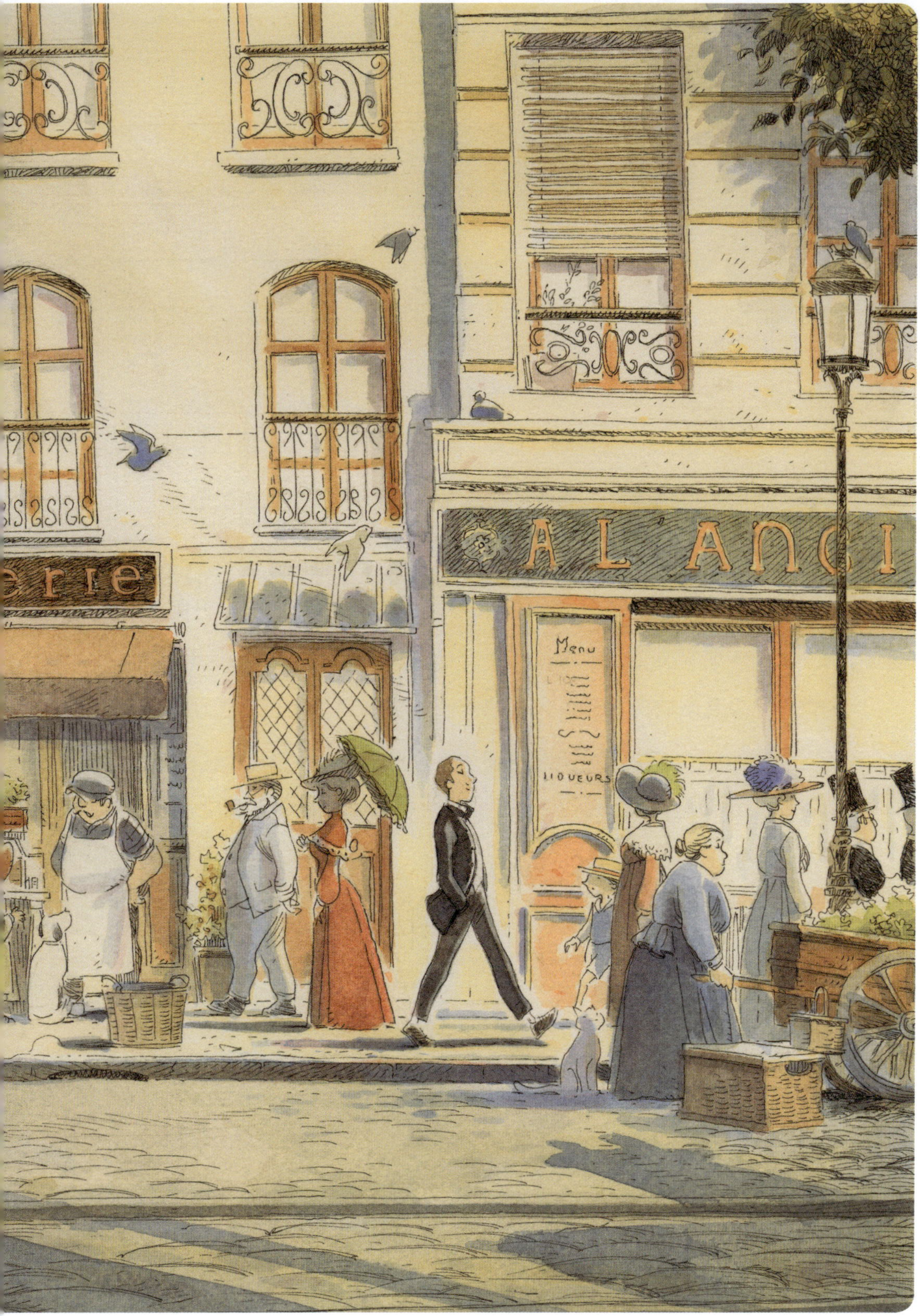
Menu

落在他们手里！到时候我甭想活着逃出去。喂，典狱长先生，兴许这正是你们求之不得的吧？"他耸耸肩膀，接着说："请您行个好，典狱长先生，别再让这么些人给我瞎操心，行吗？赶上哪天我真想出去了，根本用不着谁来帮忙。"

两天以后，《法兰西回声报》（这份报纸眼下成了报道亚森·罗平有关活动的官方新闻媒介——简直就像他是报社不公开的董事似的）非常详尽地介绍了这次未遂的越狱事件。在押犯与神秘女友相互交换的便条内容，密信的传递方式，警方的欲擒故纵，圣米歇尔大街的漫步，苏弗洛咖啡馆的闹剧，全都见诸报端，无一遗漏。而且读者都知道了，迪厄齐警探对餐馆侍者的盘问一无所获。

亚森·罗平肯定会再越狱，对此已经没人表示怀疑了。再说，他本人也曾以极其明确的措辞说起过这一点。事情发生在出了越狱未遂那茬子事以后的第二天，预审法官布维埃先生冷嘲热讽，讥刺他白辛苦了一场，他凝望着对方，冷冷地发话说："请您好好听着，先生，可信不信由您：这次越狱未遂事件，正是我的越狱计划的一个组成部分。"

"这我可听不明白喽。"法官冷笑说。

"不用您听明白。"

审讯过程在《法兰西回声报》的专栏文章中都有详尽的报道。在这中间，当预审法官翻来覆去问个没完的时候，亚森·罗平神情厌烦地嚷道："哎哟，哎哟，何必呢！所有这些问题都是毫无意思的嘛。"

"什么，毫无意思？"

"可不是，既然开庭的时候我又不会去的。"

"您不会去……？"

"对，我主意已定，决心不可动摇。说什么我也不会让步。"

话说得这么绝，而且这么没遮拦，简直叫人不可思议，法官和警方感到既恼火，又困惑。其中当然必有隐情，但这隐情既然只有亚森·罗平一人知晓，别人也就无从探知了。那他干吗还要露出口风呢？这究竟是怎么回事？

警方决定给亚森·罗平换个地方。一天晚上，他被带到底下一层，关进另一间牢房。法官认为预审已告一段落，案子应移交刑事庭继续审理。

这一来，平安无事地过了两个月。亚森几乎整天脸冲着墙壁躺在床上。换了间牢房，他好像气馁得很。他拒绝会见自己的律师，平日里也很少跟看守搭腔。

到了开庭前半个月，他好像又有点精神了。他抱怨牢房里空气混浊，于是他被允许每天一大早到内院去透透空气，但两旁都有看守跟着。

公众的好奇心却有增无减。大家天天都在等他越狱的消息。他们几乎是在这么期待，这么盼望，因为亚森·罗平在公众中的形象是与他的倜傥不羁、他的豪爽乐天、他的神出鬼没、他的聪颖过人，以及他那神秘莫测的行藏联系在一起的，这种形象总是很得人心的。亚森·罗平早晚会越狱的。这是势所必至、理所当然的。人们甚至觉得奇怪，怎么等了这么久他还没越狱。每天上午，连警署长官都要这样问秘书："怎么，

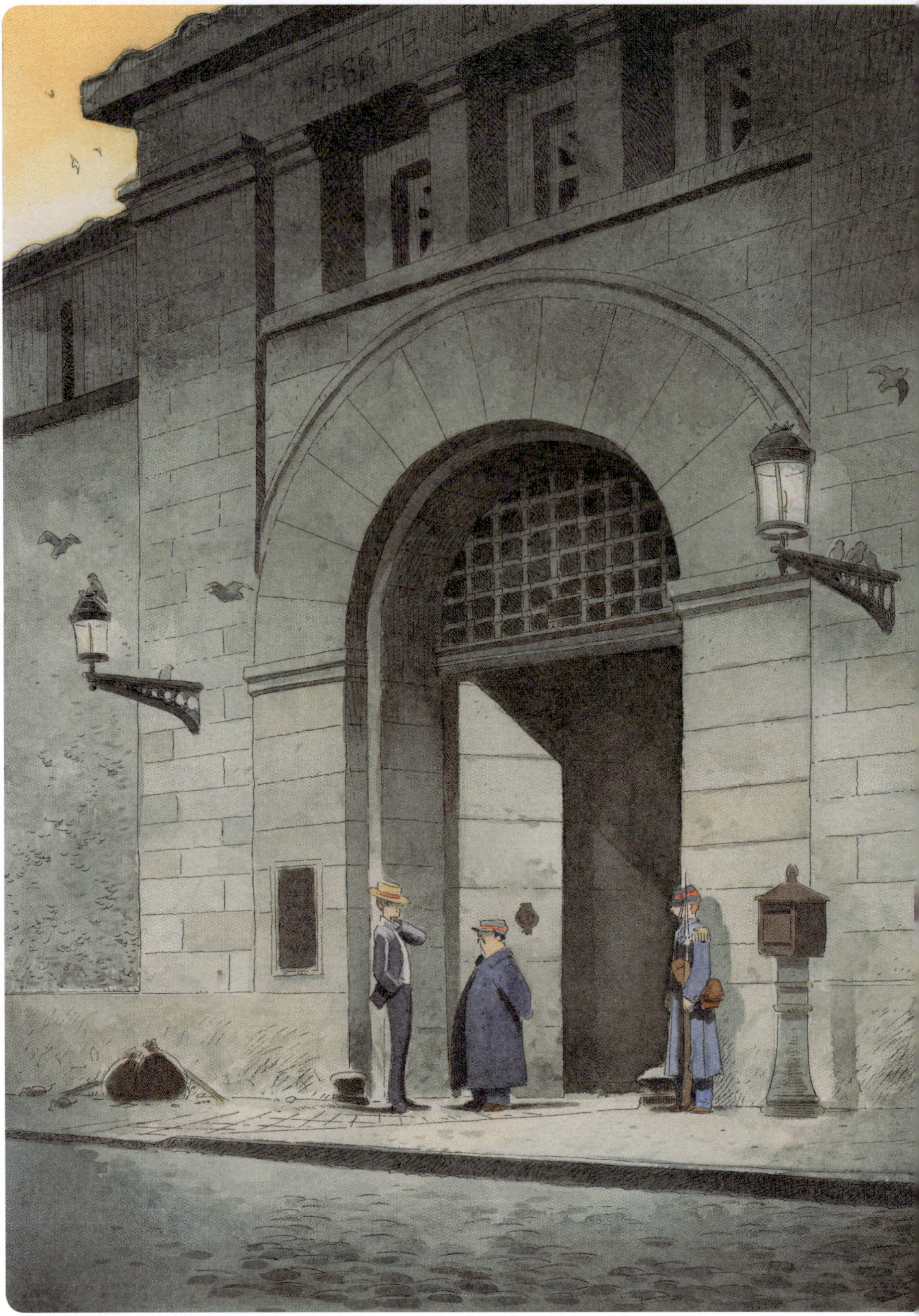
LIBERTE

还没有逃走？"

"还没有，署座。"

"那就看明天啰。"

到了开庭的前一天，一个绅士模样的男子走进《时报》的编辑部，要见负责司法版面的撰稿人，待到一见面，他却掏出一张名片朝撰稿人脸上扔去，随即拔腿就走。名片上写着一行字："亚森·罗平决不食言。"

法庭辩论就在这样的背景下开场了。

整个大庭坐得满满的。人人都想亲眼瞧瞧这位大名鼎鼎的亚森·罗平，欣赏一下他玩庭长于股掌之中的表演。律师和法官，记者和名流，艺术家和名媛淑女，全巴黎的各色人等都争先恐后地赶来了。

外面下着雨，光线很暗，庭丁把亚森·罗平带上来时，大家都不大看得清他的面容。但他那蹒跚的步态，落座时的窝囊相，还有那副漠然呆滞的神情，都让人看着觉得不是味儿。他的律师——现在换成堂瓦尔先生的一位书记了，因为堂瓦尔先生觉得亲自给这么个人当辩护律师实在是有辱身份——有好几次向他说话，可他不是点头摇头，就是闷声不响。

书记官宣读起诉书后，庭长发话："被告，请起立。您的姓名、年龄和职业？"

见被告没有回答，他就重问一遍："您的名字？我在问您叫什么名字。"

一个浑浊疲惫的声音拖着长腔说道:"博德吕·德西雷。"

旁听席上掠过一阵低语声。但庭长又发话了:"博德吕·德西雷？嗬,好呀,又是一个化名！这差不多是您的第八个名字了,而且无须说得,肯定又和前面那些名字一样都是随意捏造的,所以我现在裁定,请您就用亚森·罗平这个大家更为熟悉的名字。"庭长看了看档案记录,接着说:"事实上,尽管进行了大量的调查工作,但目前仍无法判明您的真实身份。您在我们这个现代社会中处于一种相当特殊的地位,因为您的过去无人知晓。我们不知道您究竟是谁,究竟从哪里来,童年时代又是在哪儿度过的,总之,我们对您一无所知。您在三年前就像从不知哪个角落里突然冒出来,冷不丁变成了亚森·罗平,换句话说,一下子就变成了这么个集机敏与堕落、慷慨与邪恶于一身的怪人。至今为止我们对您所掌握的材料,确切地说都只是假设而已。八年前在魔术师狄克逊身边工作的那个叫罗斯塔的人,很可能就是亚森·罗平。六年前经常出入阿尔蒂埃教授的实验室和圣路易医院,并以在细菌学和皮肤病理实验上的大胆创见使教授为之惊叹的那个俄国大学生,也很可能就是亚森·罗平。同样,亚森·罗平也可能就是在柔道还没有风行的那会儿在巴黎开设武馆的日本式摔跤教练。我还相信,亚森·罗平就是那个曾在博览会自行车环路赛中赢得大奖,领了一万法郎奖金后就此不再露面的自行车手。也许,亚森·罗平还就是从慈济市场的窄小天窗救出众多遇险顾客……然后又把他们抢劫一空的那个人。"

稍做停顿之后,庭长说道:"因此,尽管您已经决意与整个社会进行较量，但到目前为止，看来您还只是在精心地做准备，只是在进行一系列最能增长才识和技能的训练。对于本庭以上所述事实，您是否愿意供认？"

在庭长这么洋洋洒洒发表长篇大论的过程中，被告不停地倒着脚晃荡着身子，脊背躬着，胳膊僵直。这时光线稍亮些了，大家看清他瘦得出奇，双颊凹进去，颧骨显得特别高，脸色如土，东一块西一块长着红刺刺的斑点，一部络腮胡子长长短短、稀稀拉拉。铁窗生涯使他变得异常苍老而憔悴。报纸照片上经常见到的风雅身姿和充满青春活力的面容，如今已经荡然无存了。

看上去，他好像压根儿没听见人家在问他话。问话又重复了一遍。这时他才抬起眼睛，显出一副若有所思的神情，然后费了好大的劲才喃喃说道："博德吕·德西雷。"

庭长笑了起来。"您采用的这种狡辩办法，我实在不敢恭维，亚森·罗平。您要想装疯卖傻耍无赖，那也只能随您的便。但无论您玩什么花样，本庭定将追查到底，决不姑息。"接着，他就一系列盗窃案和诈骗案的具体情节做了阐述，不时还询问一下被告。但被告不是嗓音浑浊地嘟哝一声，就是干脆不开腔。

接下去是传唤证人出庭。其中有些证词尽是些鸡毛蒜皮的东西，有些则似乎较有分量，但总而言之，所有这些证词就如通常的情形一样，相互之间存在不少矛盾。法庭上的气氛变得有些沉闷，但就在这时，探长加尼马尔先生出庭做证了，全场的气氛顿时又活跃起来。

但是，这位老探长一上来就让人有点失望。他的神情一点儿也不洒脱——按说他可是大场面见得多了——反倒显得很不自在，仿佛什么地方不对劲儿似的。有好几次，他转过脸去看被告，眼神里很明显地有一种局促不安的意味。不过，他还是双手撑在证人席的栏杆上，陈述了与他有关的一些情况，包括他怎样在欧洲跟踪被告，又怎样到了美洲。旁听席上的听众听得津津有味，就像在听一个情节跌宕起伏的惊险故事。可是临到末了，他措辞有些含混地提到去找亚森·罗平面谈的那茬子事时，两次打住了话头，显得心神不定，神色很犹豫。

显然有个什么念头一直在他的脑子里打转。庭长对他说："您要是觉得不舒服，最好还是暂时中断做证。"

"不，不，我只是……"说着他又打住话头，久久凝视着被告，然后说道："我请求法庭允许我就近看一眼被告，有个疑点我一定得弄个明白。"得到庭长同意后，他走近被告，聚精会神地又看了好大一会儿，然后回到证人席上，以相当严肃的语气朗声说道："庭长先生，我可以肯定地说，站在我面前的这个人不是亚森·罗平。"

霎时间，一阵异样的寂静笼罩着全场。庭长显得很尴尬，大声说道："您在说什么！您是疯了吗！"

探长镇定地回答说："乍一看，确实有几分相像之处，这我也并不否认，但是只要再仔细看上一眼，就会露馅了。鼻子、嘴巴、头发、肤色……总而言之，这个人不是亚森·罗平。瞧这双眼睛！亚森·罗平会有这种醉鬼的眼神吗？"

"慢着，慢着，请您细细解释一下。按您的意思，这究竟是怎么回事，证人？"

"那我怎么知道！敢情是他找了个可怜虫做替身让我们来开庭。要不就是，这家伙也是个同伙。"

大厅里人声鼎沸，喧哗声、哄笑声、惊叫声响成一片。庭长宣布暂时休庭，吩咐去请预审法官和典狱长，并传唤那两个牢房看守出庭做证。

布维埃先生和典狱长到场后，也声称被告与亚森·罗平之间仅有些许相似之处。

"那么，"庭长大声说道，"这个人是谁呢？他是从哪儿冒出来，又怎么会站在被告席上的呢？"

高等监狱的两名看守被带了进来。不料他俩却认定被告就是他们轮流看守的在押犯，这倒把在场的人又都弄蒙了。

庭长松了口气。

但其中一个看守接着说了这么一句："对，没错，看上去就是他。"

"什么，看上去？"

"可不是，要知道我差不多还没跟他打过照面哩。我是值夜班的，这两个月来，他整日整夜脸冲着墙闷头睡觉。"

"在这以前呢？"

"哎！以前他可不在二十四号牢房哪。"

典狱长赶紧说明情况："在押犯上次企图越狱以后，我们就给他换了个牢房。"

"那么您，典狱长先生，这两个月里您见过他的面吗？"

"碰巧我也没见过他……他这一阵挺安分的。"

"而这个人又并不是你们收监的那个在押犯？"

"是这样。"

"那么他是谁？"

"这我说不上来。"

"这么看来，案犯在两个月前就已经给掉了包。对此您又做何解释？"

"这决不可能。"

"那到底是怎么回事呢？"庭长对庭审已不抱希望，于是回过身去向着被告，以一种循循善诱的口气对他说："请听我说，被告，您能向我解释一下您是什么时候，在什么情况下进监狱的吗？"

这种友善的语气似乎消除了这个人的戒心，或者不如说开启了他的心智。他有些想回答了。最后，经过一番巧妙而耐心的盘问，总算从他嘴里套出了一些话，从中可以了解到情况大致是这样的：两个月前，他被抓进拘留所，在里面待了一宿和一个上午。然后因为查出他身边总共才七十五个生丁[1]，就把他放了。但就在他穿过院子刚要走出狱门的当口，两个警察拽住他的胳臂把他带上了一辆囚车。于是他就被关进了二十四号牢房，日子过得还不错……吃得挺好……睡得挺好……所以他就没声张……

---

[1] 旧时法国辅币名。一法郎折合一百生丁。——译注

这些情况看来是可信的。在全场的一片骚乱和哄笑声中，庭长宣布此案暂停审理，待法庭重做调查后另行开庭。

法庭调查很快就有了结果，记录在案的有关事实如下：八星期前，一个名叫博德吕·德西雷的人曾在拘留所宿夜。次日获释后，于下午两时离开拘留所。当时适逢亚森·罗平最后一次提审结束被送回囚车。

会不会是那两个警察带错了人？也许他们一看模样差不多，就不管三七二十一地把这个人当作了他们要带的犯人？要说跟罪犯串通一气做手脚，想来他们总还不至于敢这么做吧？

掉包计是事先策划好的吗？别说以罗平的处境这根本没有可能，而且真要那么干，博德吕就也得是同党，他被捕就是冲调包来的。但是这样的一个调包计完全建立在一系列几乎不可能的偶然性上，先是罗平得碰巧跟这人相遇，再是那两个警察得碰巧都是马大哈，这么个玄乎得出奇的掉包计，难道真能得手？

查了罪犯体征测量记录档案：没有找到博德吕·德西雷的记录卡。不过，他的行藏还是很快就查清楚了。巴黎郊区的库尔勃伏瓦、阿斯尼埃尔和勒伐洛瓦一带都有人认识他。他平时靠乞讨度日，晚上就睡在泰尔纳城门附近的破棚里，捡破烂的都爱在那地方做窝，这种破棚子随处都有。但是一年前，他突然失踪了。

莫非是亚森·罗平雇用了他？这实在让人难以置信。那时候压根儿还不知道会有越狱这档子事哩。事情真是越弄越玄乎了。有关方面先后提出了不下二十种假设情况，但似乎没有一种是立得住脚的。只有一点毫无疑问，那就是亚森·罗平早晚会越狱，而且一定会以一种令人拍案叫绝的、匪夷所思的办法越狱。不止是公众舆论，就连司法当局也觉得亚森·罗平必定会经过长期的精心准备，将一系列错综复杂的细节巧妙地配合得天衣无缝，最终兑现他夸下的海口："我不会出庭。"

经过一个月的周密侦查，谜团仍未解开。可是，总不能把这个倒霉蛋博德吕一直关下去呀。审理他的案子只能徒然贻人笑柄：能指控他什么罪名呢？预审法官签署了他的释放证。不过，警署保安处长下令严密监视他的行踪。

这个主意是加尼马尔出的。他认为博德吕既不是亚森·罗平的同党，也不是出于偶然牵涉进来的，他是亚森·罗平极其灵巧地操纵在手里的一个工具。博德吕放出去以后，警方就可以顺藤摸瓜找到亚森·罗平，或者至少找到他的某个同伙。

加尼马尔配置了两名助手：福朗方和迪厄齐警探。一月份的一个雾天早晨，监狱的铁门在博德吕·德西雷面前打开了。

他有些困惑地信步走去，好像不知道自己该去做什么似的。他走过了高等监狱街和圣雅克街。在一家旧货铺跟前，他脱下上衣和背心，把背心卖了几个钱，又重新穿好上衣往前走去。

他穿过了塞纳河上的人行桥。到了夏特莱尔车站，刚好有辆公共汽车驶来。他想乘上去。但车上已经坐得满满的。司机让他先去买好票，乘下一班车。于是他走进候车室。

这当口，加尼马尔示意两个助手过去，一边眼睛盯着候车室门口，一边急切地对他俩说："去拦一辆车……不，两辆，这样就万无一失了。你们中间一个人跟着我，咱们得盯住他。"

两人按他的吩咐分头行动。但是博德吕始终不见出来。加尼马尔走到门口一看：里面空荡荡的，连人影都没有一个。

"我真是傻瓜，"他喃喃地说，"竟把后门那茬儿给忘了。"

确实，这个候车室里有一条过道可以通到圣马丁街。加尼马尔猛地蹿了过去。冲到外面，刚好瞧见博德吕乘在一辆往植物园方向去的公共汽车的顶层，汽车正要朝里沃利街拐弯过去。加尼马尔狂奔过去，攀上了这辆车。但这样一来，那两个助手就给落下了。现在只剩他独自一人在继续跟踪。

他简直怒不可遏，差点儿要冲上去一把抓住博德吕的领子。这么个看上去傻乎乎的家伙，居然使出如此漂亮的一招，一下子就把他的两名助手给甩了！

他死死瞅住博德吕。那家伙正坐在长椅上打瞌睡，脑袋一会儿晃到左边，一会儿又晃到右边。嘴唇耷拉着，整张脸有一种说不出味儿来的蠢相。不，这人不可能是一个玩得转他老加尼马尔的对手。一切都是碰巧而已。

到了拉法耶特商厦，这人跳下公共汽车，换乘驶往米埃特的有轨电车。电车驶过奥斯曼大街，又驶过维克多·雨果林荫大道。博德吕一直坐到米埃特终点站才下车。下了车，只见他优哉游哉地一路走到了布洛涅林园。

他从一条小径走到另一条小径，走过来又走过去。他在找什么？他有目标吗？

就这样折腾了一个钟头，他似乎真的累了。这不，瞧见有张长凳，他就一屁股坐了下去。这地方离奥特伊不远，正好在湖边一片葱郁的树木中间，四周不见一个人影。又过了半个钟头，加尼马尔再也耐不住性子了，决定上去跟他搭话。

他走上前去，在博德吕身边坐了下来，点上一支烟，用手杖的尖头在沙地上画了几道圈圈，然后开口说道："天气不热啊。"

一阵静默。然而，突然间在这静默中爆发出一阵笑声，那是欢畅的开怀大笑，是孩童般不可抑止的疯笑。可以毫不夸张地说，加尼马尔觉得自己的头发一根根都竖了起来。这阵让他感到毛骨悚然的笑声，他太熟悉了！……

他猛地揪住这人的上衣，死死地盯住他看，看得比当初在法庭上更仔细，也更猴急。果然，这已经不是他原先看到的那个人了。这还是那个人，但同时又是另一个人，另一个露了原形的人。

由于这人无意再伪饰，加尼马尔就终于在他的眼睛里看出了蓬勃的生机，而且觉得那张脸不那么瘦削了，龇牙咧嘴的怪模样也不见了。这是另一个人的眼睛，另一个人的嘴，尤其是这种充满生气和活力、带着调侃意味、闪动着睿智光芒的表情，显得多么明澈，多么年轻！

"亚森·罗平，亚森·罗平。"加尼马尔嗫嚅着说。

倏忽间，他怒不可遏地扑上去卡住亚森·罗平的脖子，想把他摔到地上去。他虽说已有五十岁了，但体魄之强健仍非常人所能相比，而他的对手则看上去身体状况并不佳。再说，他这一下只要得手，就是绝招！

这场格斗顷刻间就决出了胜负。亚森·罗平几乎没有招架，但就在他受到袭击的那一刹那，加尼马尔松开了手。这位探长只觉得右胳臂一阵麻木，不由自主地荡了下来，再也动弹不得。

"要是你在奥费弗尔沿河街学过柔道的话，"罗平说，"你就会知道这一招在日文里叫'打死技'。"接着，他又冷冷地加上一句："我只要稍稍再使点劲，你这条胳臂就断了，不过你也是自作自受。怎么，我当你是老朋友，不想再作假骗你，可你却这样回报我的信任！这可不好……呃，你还有什么说的？"

加尼马尔不作一声。亚森·罗平这次越狱，他觉得完全是自己一手促成的——不正是他的那通耸人听闻的证词，才把法庭引入歧途的吗？——他觉得，亚森·罗平的这次越狱是自己侦探生涯中的奇耻大辱。想着想着，他不由得潜然泪下，泪水打湿了花白的唇髭。

"嗨！我说加尼马尔，你别想不开嘛！那会儿就算你不说，我也早有安排，自会有别人说的。可不是，难道我会听凭你们把博德吕·德西雷判刑不成？"

"这么说，"加尼马尔喃喃地说，"在法庭上的真是你，而眼前的也是你？"

"是我，都是我，全没别人的事。"

"这怎么可能？"

"哦！这可用不着什么巫术。那位尊敬的庭长先生不是说了吗，花上二十年工夫做准备，还有什么事情办不成的呢。"

"那你的脸？眼睛？"

"你得明白，我在圣路易医院跟着阿尔蒂埃教授干了十八个月，那可不是为了进修医术。我当时就想，日后要叫亚森·罗平的那个人，在外貌和身份上都得摆脱通常的制约才好。外貌怎么办？外貌是可以随意加以改变的。皮下适量注射石蜡，就能使皮肤肿胀，达到你所希望的程度。

焦棓酸呢，能把你整个儿变成印第安人。用白屈菜汁可以造成非常逼真的脱皮性皮疹和肿块的效果。某种化学方法可以影响胡子和头发的生长，另一种化学药物则可以改变你的嗓音。另外，再加上二十四号牢房里两个月的节食，还有上千次龇牙咧嘴做怪相的重复练习，就能把脑袋歪成这模样，背也弓成这德性。最后再往眼睛里滴五滴阿托品，造成那种眼神散乱的效果，就算大功告成了。"

"我不明白那两个看守……"

"容貌的变易进行得很缓慢。这种每天很细微的改变，他们是看不出来的。"

"那么博德吕·德西雷呢？"

"德西雷确有其人。那是我在去年碰到的一个不相干的可怜虫，他确实长得跟我有几分相像。我当时就预感到，被捕是随时都有可能的事，所以我就把他带到一个安全的地方，细细辨别我俩容貌上的相异之处，以便尽可能地自我调节，使自己看上去跟他更像些。我的朋友有天晚上把他送进了拘留所，还设法把他的释放时间安排在我离开拘留所的那会儿，因为这一点日后是很容易查证的。你得注意，让他在拘留所这么待上一天是绝对必要的，要不然法官就会认真考虑我究竟是谁了。但是，只要把这个宝贝博德吕往他们面前一放，法官就势必会死抱住他不放，甚而至于根本不顾所谓的调包计有多么不近常情，宁可相信调包的神话也不肯承认他是易了容的亚森·罗平。"

"对，对，是这样。"加尼马尔喃喃地说。

"何况，"亚森·罗平的声音拔高了，"我手里还有一张王牌，一张从一开头就处心积虑攥在手里的王牌：那就是人人都在等待着我越狱。司法当局在和我玩一场很够刺激的赌局，赌注就是我的自由。而你和你的那些同事们，你们在这场赌局中之所以输得这么惨，就因为你们以为我这回既然又夸了海口，那就一定是在边吹边干，我亚森·罗平岂能坐以待毙！上回在卡奥恩古堡你们吃了亏，所以你们就学了个乖，心里这么盘算着：'亚森·罗平嚷嚷说他要越狱，那他一定自有他嚷嚷的道理，决不会没有来由的。'可是，这下怎么样，你总该明白了吧，要想越狱……就得在还没越狱的时候，事先张扬得人人都以为这个狱是非越不可的，让这成为一种无可置疑的事实，一种绝对的信念，一种如日月梭天那样昭然若揭的真理。结果我如愿以偿，造成了这样一种舆论。人人都在说，亚森·罗平要越狱了，亚森·罗平不会出庭了。当你站出来说'这个人不是亚森·罗平'的时候，居然所有的人都马上相信我真的不是亚森·罗平，这本身就很不正常。当时只要有一个人表示有保留意见：'说不定这人就是亚森·罗平呢？'那我就全完了。你和你的同事凑近我看的时候，只要不像你那样有一个我不是亚森·罗平的先入为主的印象，而是存着我有可能是亚森·罗平的想法，那么尽管我费了不少心机，你们还是能把我认出来的。但我有把握出不了岔子。因为不论从逻辑的角度，还是从心理学的角度看，当时是不会有人往那方面想的。"他蓦地抓住加尼马尔的手。"哎，加尼马尔，你承认不承认，咱们上回在高等监狱会面一星期之后，你确实照我说的那样，下午四点在家里等我来着？"

"那么，你的雪茄是……"加尼马尔避而不答，岔开话头问道。

"我自己掏空的呗，餐刀也一样。"

"两封信呢？"

"也都是我写的。"

"那位神秘的女友呢？"

"她就是我，我就是她。我能模仿各种字体。"

加尼马尔沉吟了片刻，又问道："把博德吕的体征记录卡归档时，怎么没人发现他的测量记录跟亚森·罗平的完全一样呢？"

"亚森·罗平根本没有记录。"

"怎么会呢！"

"因为他的记录全是假的。关于这一点我早就有所考虑。贝蒂荣测量法的体征记录分两部分，第一部分是目测数据——你知道，这是靠不住的——第二部分是实测数据，头长、指长、耳长等等。这些数据就没戏好唱了。"

"那么怎么办？"

"那么就得花钱喽。还在我从美洲回来以前，我的朋友就买通了体征测量处的一个雇员，让他一开头就给我的卡填上些假数据。这样一来，博德吕的记录卡就怎么也不会跟亚森·罗平对得上号了。"

又是一阵沉默过后，加尼马尔开口问道："现在你打算做什么呢？"

"现在嘛，"罗平说，"我要好好休息，好好把自己养养胖。能把自己变成博德吕或是别的什么人，就像换件衬衣那样换掉个性格，连外貌、嗓音、眼神、字体一股脑儿全变个样，这当然很过瘾。但是有时候也会变得连自己都认不出自己，这又真叫人伤心。说实在的，我已经体验到了一个失去自我的人的那种感受。我要去寻找自我……把自己找回来。"

他来回踱着步。余晖渐渐变得黯淡起来。他停住脚步，站在加尼马尔跟前。"咱们谈完了吧，我想？"

"还没哩，"探长答道，"我很想知道你会不会把你越狱的真相说出去……包括我的那档子事……"

"哦！没人会知道警方释放的是亚森·罗平。我很想韬晦一下，所以我不会把这次越狱多加张扬的。你不用担心，老兄，咱们这就再见吧。我今晚还得进城去赴个饭局，再不走就没时间换身衣服了。"

"我还以为你真打算休息哩！"

"唉！有些应酬推也推不掉呵。休息就从明天开始吧。"

"那你上哪儿去赴饭局？"

"上英国大使馆。"

4

神秘的旅客

我前一天先把汽车托运到鲁昂,今天准备乘火车到鲁昂,然后开车去几位朋友家赴约,他们的宅邸都在塞纳河边上。

在巴黎上了火车。离开车只有几分钟的当口,七个男子闯进我的车厢,其中五个抽着烟。尽管旅程很短,但想到一路上要和这些人为伴,而老式的列车又没有走廊,我心里很不舒服。于是我拿起大衣、报纸和行程表,换到了旁边的一个车厢。

车厢里有位女士,我注意到,她见到我时脸上显出些许愠色。有位先生,想必是陪她来火车站的丈夫,立在车门的踏级上,她朝他俯下身去,他打量了我一下,大概觉得印象还可以,跟妻子说话时笑了笑,那模样有点像在安抚一个受惊的孩子。她也露出笑容,态度友好地瞥了我一眼,仿佛她这会儿明白了,和我这样一个彬彬有礼的男士,一位女士是可以

神秘的旅客

在小小的车厢里共处两个小时，完全不必担心的。

她丈夫对她说：

"亲爱的，真抱歉，我还有紧急公务，不能再等了。"

他吻了她，下车而去。她在窗口目送他离去，朝他挥动手帕，抛去几个不引人注目的飞吻。

汽笛声响起。火车启动了。

就在这时，有个男子不顾列车员的劝阻，冲进我们的车厢。那位女士正站在行李架前整理自己带的东西，一见有人闯入，她惊恐地尖叫一声，跌坐在座位上。

我岂是胆小鬼，可是说实话，对这种在最后时刻贸然闯入的旅客，我还是有所忌惮的。这种做法颇不自然，令人生疑……

不过，这个新来旅客的容貌举止，多少冲淡了一些他的莽撞带来的坏印象。他容貌不俗，举止得体，甚至可以说相当文雅，领带的颜色很有品位，手套干净整洁，面容显得精神饱满……哎，这张脸怎么看上去有些眼熟？没错，我见过这张脸。更确切地说，虽然从没见过本人，但见过好多次的相片或画像，在我的记忆中留下了似曾相识的印象。不过这印象毕竟不很确定，而且相当模糊，所以我也就不再多去想它了。

我朝那位女士望去，惊奇地发现她脸色苍白，神情慌乱。她看着邻座的男子，眼神中满是惊惧。有个小小的旅行拎包放在长座椅上离她膝盖二十厘米的地方，她偷偷地伸手过去，紧张兮兮地把它拽了过去。

我和她四目对视，在她的眼神里我看到的是焦虑和不安，我不由得

问道：

"您没不舒服吧，夫人？……要不要我把这车窗打开？"

她没回答，神色害怕地示意我留神那个男人。我像她丈夫那样笑了笑，耸耸肩膀表示她什么也不用害怕，有我在这儿呢，再说那位先生看上去并没有恶意。

正在这时，他转过脸来，把我俩逐一从头到脚打量一番。然后，他坐定在自己的座位上，不再动弹。

一阵静默过后，那位夫人像是终于拿定主意豁出去似的，压低声音对我说：

神秘的旅客

"您知道他就在我们车上吗?"

"谁?"

"他……他呀……绝对没错。"

"他是谁?"

"亚森·罗平。"

她的目光始终没有离开那个旅客,她与其说是向我,不如说是向那人,在说出这个令人不寒而栗的名字。

那人压低帽檐,遮住上半张脸。他这是在掩饰自己的不安,抑或仅仅是打算睡一会儿呢?

我对她说:

"亚森·罗平昨天刚被缺席判处二十年苦役,他今天不会有这胆子公开露面。再说,报纸上不是刊登过消息,说他从高等监狱越狱后,今年冬天一直在土耳其吗?"

"他就在这次列车上。"夫人说。听这口气,她挑明了就是指那个旅客。"我丈夫是监狱管理局副局长,车站的警长亲自告诉我们,他们在搜捕亚森·罗平。"

"这算不上是理由……"

"有人在车站大厅见到过他。他的车票是开往鲁昂的头等车厢。"

"那不就很容易抓住他了吗?"

"可他不见了。检票员在候车室的进口处没有见到他,警方认为他是从郊区的站台上了一列快车,那列快车比我们晚开十分钟。"

"那照样可以抓住他呀。"

"没错，可在最后一刻，他跳下那列快车，上了我们这列……有这可能……一准是这样。"

"那么在这儿就可以抓住他了。他从一列火车换乘另一列火车，车站工作人员和警员不可能不加注意。等我们到了鲁昂，他们准会把他逮个正着。"

"逮个正着？不可能！他一定会有逃脱的办法。"

"既然如此，我祝他旅途愉快。"

"可这一路上，他会干多少事啊！"

"干什么？"

"那我怎么知道？等着瞧呗！"

见她激动的神情，我忍不住想劝她几句：

"两个人长得很像，是常有的事……就算亚森·罗平在这列火车上，他也不见得会惹是生非。他何苦要给自己找麻烦呢？"

我的话她好像并没听进去。但她闭嘴不响了，大概是怕言多必失吧。

我打开报纸，浏览有关亚森·罗平的庭审报道。都是些已经知道的内容，看得我兴味索然。头天晚上没睡好，这会儿倦意袭来，只觉得眼皮很重，脑袋耷拉了下来。

"我说先生，您可不能睡着哦。"

那位夫人拿掉我的报纸，悻悻然地望着我。

"怎么会？"我回答说，"我不会睡着的。"

神秘的旅客

"要真睡着,您这篓子可就捅大了。"她对我说。

"捅大了。"我应声说。

我强忍瞌睡,睁眼去看车窗外的景色,望着天上聚拢的乌云。但很快就一切都变得模糊不清了,神情激动的女士,闭目养神的男人,似乎都远离我而去,我进入了深沉寂静的梦乡。

一阵剧痛……一声尖叫。我醒了。那个旅客拿膝盖顶住我的胸膛,在使劲掐我的脖子。

我双眼充血,什么东西都看不真切。我根本无力反抗:太阳穴砰砰直跳,声音嘶哑地喘着气……再过一分钟,我就要窒息了。

那家伙大概觉察到了。掐在我脖子上的手放松了一点。他左手掐住我,右手抽出一根事先打好活结的绳子,动作迅捷地绑住我的双手。

从他的熟练程度,看得出他是干这营生的老手。显然他是个惯犯。没有一句话,没有一个多余的动作,干净利落,冷静沉着。而我,被捆得像个木乃伊似的扔在长座椅上。要知道,我可是亚森·罗平哪!

这真是匪夷所思,太可笑了。亚森·罗平居然像个生瓜蛋子,栽在一个陌生人手里!这家伙竟然把我抢劫一空,连放零钱的小夹子也没放过!

那位夫人,他甚至连看也不看一眼。他捡起她跌落在地上的拎包,掏出里面的珠宝首饰、钱包和一些值钱的小玩意儿。那夫人睁开一只眼睛,抖抖索索地褪下戴在手上的几枚戒指交给他,倒像是要帮他省掉些麻烦似的。他拿过戒指,注视着她:她昏厥了过去。

他一声不响，静静地走回自己的位置坐下，点上一支烟，逐一欣赏那些珠宝，满脸得意之色。

我可半点儿也得意不起来。我担心的不是被他抢去的那十二万法郎：很遗憾，我没有及早承兑票据。不过我想这十二万法郎，连同公文包里的那些文件，过不了多久都会回到我手里的。那些文件可相当重要：计划草案、概算记录、地址、参与人员名单、来往信函，等等。但是，眼下我更担心的是：接下去事态会怎样发展？

不难想见，我在圣拉扎尔车站露面引起的骚动，至今对我还有影响。这次前去拜访的那几位朋友，我一向以纪尧姆·贝尔拉的名义和他们交往，我和亚森·罗平长得像，经常是他们说笑打趣的话题，我说好要去拜访他们，就不能半路易容。而眼前的这个男子，有人看见他从一辆快车换乘另一辆快车，他要不是亚森·罗平，又能是谁呢？所以毫无疑问，鲁昂警署的警长会事先收到电报，率领一帮手下守候在火车站，列车一到站，他们就会逐个盘查可疑的乘客，并仔细搜查整列火车。

这些都在我的预料之中，我相信鲁昂的警探不会比巴黎的更干练，我肯定能从他们眼皮底下安然过关——在圣拉扎尔车站，我不是凭着那张议员证，就轻轻松松赢得检票员的信任，顺利进站的吗？可现在情况变了！我失去了自由。平时惯使的招数，这会儿用不上了。警长会在某节车厢里，发现某个倒霉的亚森·罗平被人缚住双手，捆扎得严严实实的，就像一大包托运的野味或蔬果，等着警长照单全收。

列车一路驶往鲁昂，中途的韦尔农、圣皮埃尔都不停靠。

神秘的旅客

　　另外有个问题也在我脑子里打转，尽管它对我没有什么直接的影响，但我出于职业上的好奇心，还是很想知道它的答案。我的这位旅伴，到底在打什么主意？

　　要是只有我一个人，他到了鲁昂可以很从容地下车。可还有那位夫人哪？别看她这会儿低眉顺眼，一副听话的样子，等列车抵达鲁昂，车门一打开，她马上就会大声呼救的！

　　我的疑窦就在这儿！他为什么不把她也捆绑起来，让自己有更充裕的时间逃走呢？

　　窗外下起雨来。那家伙一直在抽烟，但有一次他转过身来，拿起我的列车时刻表看了一通。

　　那位夫人尽力保持昏厥的状态，好让那人不去注意她。但烟味还是呛到了她，她一咳嗽，伪装就露馅了。

　　阿什桥，瓦塞尔……列车一路不停地飞速向前。

　　要到圣埃蒂安了……那人立起身来，朝我俩上前两步，这回那位夫人尖叫一声，真的昏了过去。

　　窗外雨已经下得很大。他的目光落在行李架上：上面放着夫人的晴雨伞。他拿了下来。我的那件大衣，他也取下穿在身上。

　　列车开始穿越塞纳河隧道了。在昏暗的光线中，他推开一半车门，把一只脚伸到第一节踏级上。他疯了吗？列车开得这么快，跳下去是必死无疑的。但突然间，列车行驶得慢了下来。准是这么回事，这段隧道正在检修加固，施工期间列车通过必须减速。而那个家伙，他事先知道这一点!

他毫不犹豫地伸出另一只脚,在车门踏级上站稳,从容不迫地关上车门,纵身跳下火车。

他刚消失没多久,光线就变亮了。列车穿出隧道,行驶在一片峡谷里。再穿过一条隧道,就到鲁昂了。

那位夫人的第一反应,是为那些珠宝首饰惋惜不已。我用目光向她求助,她明白了我的意思,把塞住我嘴巴的布条拉了出去。她还想解开我身上的绳索,我阻止了她。

"别去动它,得让警方看到事发现场。要让他们知道这个歹徒干了些什么。"

"那我要不要拉下警铃?"

"晚了。他袭击我的当口,就该想到这一点。"

"他会杀了我的!哦,先生,我不是对您说过他就在我们这列火车上吗!我见过画像,一下子就认出了他。这下完了,我的首饰都被他抢走了。"

"别担心,他们会抓住他的。"

"抓住亚森·罗平!怎么可能?"

"这就得靠您了,夫人。请听我说。到站后车门一打开,您就大声叫喊,声音越响越好。警员和站台员工听到喊声就会过来。这时您把自己见到的情况告诉他们,让他们知道我是袭击的受害者,而亚森·罗平逃走了。您还要描述一下他的模样:头戴软帽,拿着一把伞——您的那把,身穿束腰大衣。"

"大衣是您的。"她说。

"怎么是我的？不是，是他自己的。我根本就没穿大衣。"

"我好像记得，他上车时没穿大衣。"

"穿的吧……要不就是哪个乘客忘在行李架上的。反正，他下车时穿着这么件大衣，这是要点……灰色的、束腰的大衣，您得记住了……啊！瞧我给忘了……一上来您就得亮出您的身份。知道了您丈夫的职位，所有这些人都会抖擞起精神来的。"

火车到站。她已经站在车厢门口了，我大声对她说：

"别忘了告诉他们，我是纪尧姆·贝尔拉。您不妨说我是您的熟人……最要紧的，是缉捕亚森·罗平……还有您的首饰……记住了，纪尧姆·贝尔拉，您丈夫的朋友。"

"记住了……纪尧姆·贝尔拉。"

列车缓缓地停了下来。听到她的喊声，一个警长带着手下人冲上车来。关键的时刻到了。

她气喘吁吁地大声说：

"亚森·罗平……他袭击了我们……抢走了我的首饰……我是勒诺夫人……我丈夫是监狱管理局的副局长……"这时，她瞧见了一个刚上车的年轻人，"哦！我表弟来了，他是乔治·阿代尔，鲁昂信贷银行的总裁……"

她拥抱这位地位显赫的年轻人，警长向他敬礼。她继续往下说：

"是的，亚森·罗平……趁这位先生睡着的时候，掐住他的脖子……噢，贝尔拉先生是我丈夫的朋友。"

警长问：

"亚森·罗平人在哪儿？"

"他在塞纳河隧道出口那儿跳车了。"

"您确定他是亚森·罗平？"

"当然，我确定！我认得出他。再说，在圣拉扎尔车站有人见过他。他带着顶软帽。"

"不是吧……是呢帽，跟这顶一样。"警长指着我的帽子说。

"是软帽，我肯定。"勒诺夫人坚持说，"身上穿的是灰色的束腰大衣。"

"可不是吗，"警长低声说，"电报上提到了这件灰色大衣，腰身收紧，黑绒领子。"

"黑绒领子，一点没错。"勒诺夫人很得意地说。

我松了口气。哦！她可真是位出色的搭档、绝妙的托儿！

那几个警员刚才已经给我解开了绳索。我声音微弱地对警长说：

"先生，那人就是亚森·罗平，错不了……你们一定要抓住他……我想我也许能助你们一臂之力……"

列车的这节车厢被卸了下来，列车继续驶往勒阿弗尔。我们一行人穿过熙熙攘攘聚集在站台上的人群，朝站长办公室走去。

一丝犹豫掠过我的脑海。随便找个借口，我就可以安然脱身，坐上托运过来的汽车扬长而去。待着不走，是有危险的。只要巴黎来个电报，我就玩儿完了。

可是，那个家伙，难道就放过他了吗？我在这儿人生地不熟的，光靠自己要想抓住他，那是谈何容易。

"行！就碰碰运气吧！"我暗自思忖，"这一局不容易拿下，可玩起来挺带劲，还是值得博一下的！"

我开口说：

"警长先生，亚森·罗平已经赶在我们前面了。我的汽车在停车场等着。如果您肯赏脸乘坐我的汽车，我们可以……"

警长狡黠地笑着说：

"这主意不赖……跟我想到一块儿了。"

"哦！"

"没错，先生，我的两个警员骑自行车去了有一会儿啦。"

"去哪儿？"

"隧道出口呗。他俩要去那儿发现线索、寻找目击证人，一路追踪亚森·罗平。"

我情不自禁地耸了耸肩膀。

"您的这两位手下，既不会发现线索，也不会找到目击证人。"

"此话怎讲？"

"亚森·罗平一定早就有所准备，不会让任何人看到他从隧道脱身。出了隧道，他会就近择路前往……"

"前往鲁昂。我们可以在那儿逮住他。"

"他不会去鲁昂。"

"那就是说,他会留在出口附近,这样的话我们照样……"

"他也不会留在出口附近。"

"哦!那他会藏到哪儿去呢?"

我掏出怀表看了看。

"此刻,亚森·罗平正在达内塔尔火车站转悠。十点五十分,也就是二十二分钟以后,他会乘上从鲁昂北站开往亚眠的火车。"

"您怎么知道?"

"噢,事情很简单。在车厢那会儿,亚森·罗平仔细看过我的火车时刻表。他干吗要看?他要看看,在他准备跳车的地点附近,有没有另外一条铁路线,有没有这条线路的站点,有没有停靠这个站点的列车。我也仔细看过时刻表。上面写得一清二楚。"

"说实话,先生,"警长说,"您的推理无懈可击。您是高手啊!"

我是有点疏忽了。他惊讶地看着我,我感觉到他已经起了几分疑心。我控制住自己的表情,哈哈一笑说:

"过奖了,我还不是因为丢了公文包,这才盼他早点落网吗?我想,要是您俯允拨给我两位警员,我和他俩也许能……"

"哦!请您答应吧,警长先生,"勒诺夫人大声说,"请按贝尔拉先生的建议做吧。"

我这位最佳搭档的这两句话,说得正是时候。贝尔拉这个名字,由这么一位夫人说出口,无异于落实了我的身份,使人无法再存半点疑虑。

神秘的旅客

警长正容说道：

"贝尔拉先生，我的警员悉听您的吩咐。"

他亲自陪我到停车场。他手下的两个警员已经等候在那儿，警长给我介绍，他俩分别叫奥诺雷·马索尔和加斯东·德利韦。他俩上车后，我坐上驾驶座。几秒钟过后，亚森·罗平追赶亚森·罗平的好戏就开场了！

当然，我必须追上那家伙，夺回被他抢去的那些文件。但无论如何，不能让车上这两位老兄瞧见这些文件，更不能让文件落到他俩手里。他们要为我所用，而我的行动不能受制于他们，这是我的原则。

汽车进入达内塔尔站时，火车刚开走三分钟。让我感到宽慰的是，车站工作人员告诉我们，有个旅客身穿黑色绒领的灰色束腰大衣，在这儿上了一节二等车厢，手持的车票是到亚眠的。

德利韦对我说：

"这趟车是快车，只在十九分钟后停靠蒙代洛利埃一站。要是我们不能比亚森·罗平先赶到那儿，他就可以一路直达亚眠。在克莱尔有个岔口，从那儿可以分别去迪埃普或巴黎。"

"蒙代洛利埃离这儿有多远？"

"二十三公里。"

"十九分钟赶二十三公里路……能赶上。"

我们重新上路，开足马力往前赶。沿途的景色飞快地往后掠去。

骤然间，前方大路的转弯处冒出浓浓的白烟。那正是北方快车！

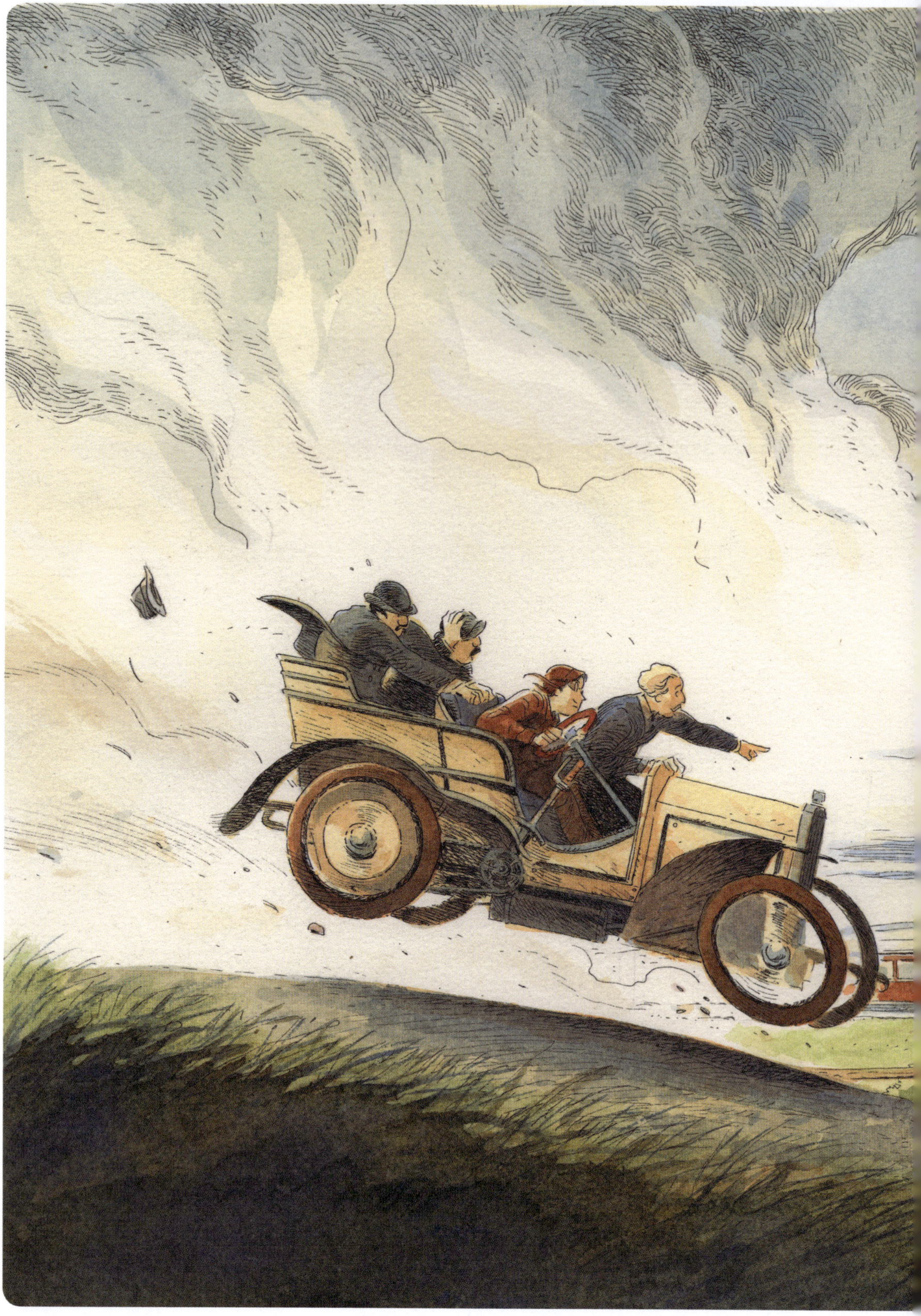

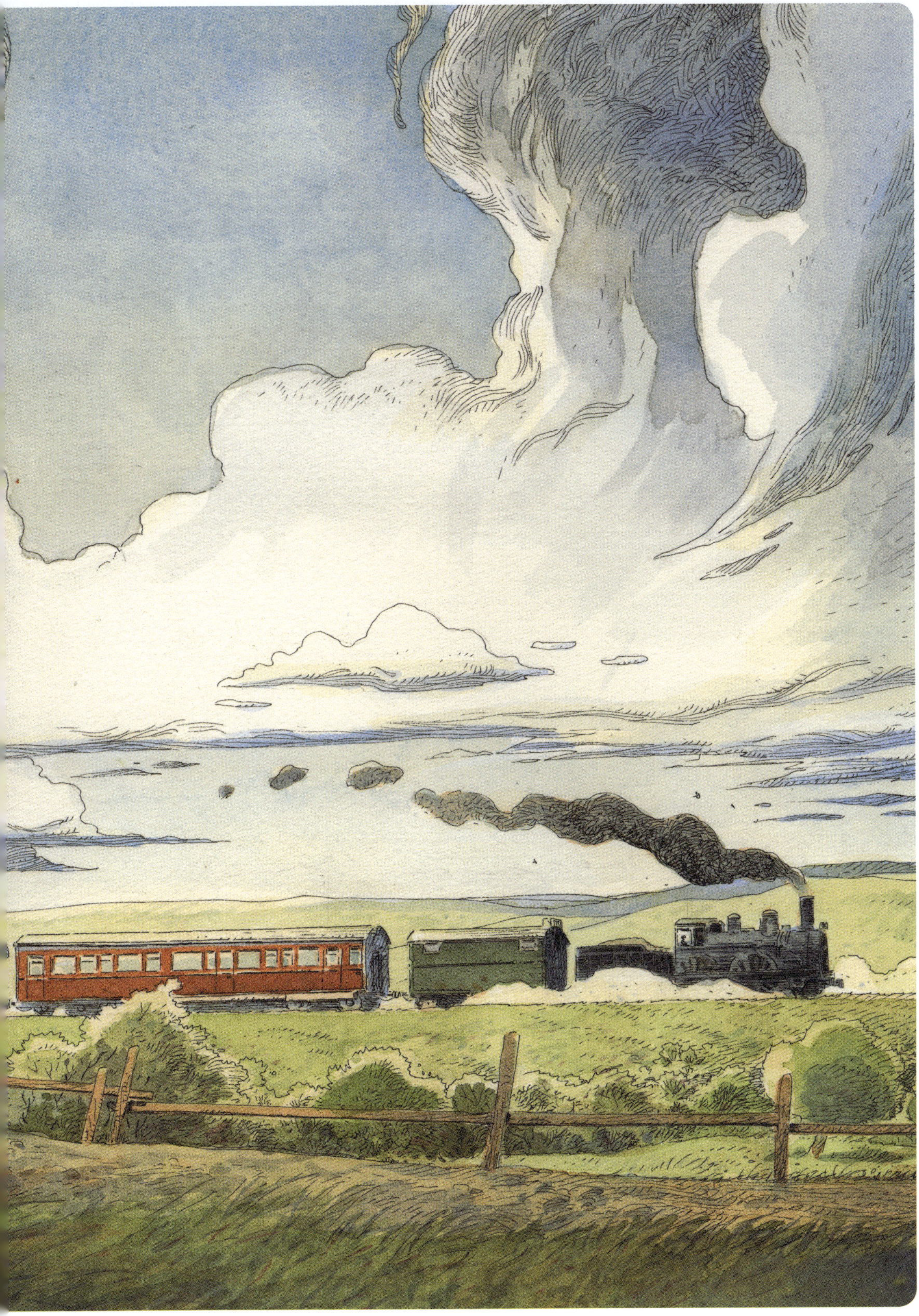

接下来这一公里，是场惊险刺激的角逐。我们的汽车和北方快车并排疾驶，你追我赶，最后我们赢了列车二十个车身。

三秒钟过后，我们已经在二等车厢停靠的站台上了。车门打开，有几个乘客下车，但其中没有那家伙。我们上车查了一通，亚森·罗平不见踪影。

"该死！"我喊道，"汽车和火车并排行驶的那会儿，他准是认出了我，跳车逃跑了。"

列车长证实了我的想法。离站不到二百米的那会儿，他看见一个男子在路堤上往下滚去。

"快看那儿……他正在穿越平交道口。"

神秘的旅客

我往前冲去，后面跟着那两个警员——确切地说，是其中的一个，因为马索尔早就跑到我的前面去了。他可真是个飞毛腿！他越追越近，那家伙看见了他，穿过灌木丛，爬上路堑的一道斜坡。我们远远地望见他钻进了一片小树林。

我们赶到了小树林。马索尔在那儿等着我们，他怕和我们走散，没有独自继续追赶。

"老弟，您抢了个头功，"我对他说，"这一路奔下来，那家伙恐怕连气都喘不上来了。现在这么着，马索尔，您往左。德利韦，您往右，找个地方监视后排树林的动静，那家伙不知道您埋伏在那儿，他要出去，必定要走这条洼路，我就守在这儿。倘若他不出来，我就进去，逼他夺路而逃，不是往左就是往右。所以，你俩只要等着就行。噢，对！遇有情况，鸣枪示警。"

马索尔和德利韦分头行动。眼看他俩走得看不见了，我悄悄地走进小树林。只见树叶的掩映下有好几条狭窄的小径，其中一条通往草地的小径上，有明显的脚印。我沿着小径往前，来到一座小丘跟前。小丘上有个破败的泥灰小屋。

"他一准在里面，"我心想，"这倒是个瞭望哨的位置。"

我爬近小屋时，听见一声细微的声响，知道

他果真在里面。只见屋门打开，他走了出来。

我猛地扑上前去。他想举起手里握着的枪对准我，但我动作更快，一下子把他掀翻在地，用膝盖抵住他的胸膛。

"小子，你听好了，"我悄声对他说，"我是亚森·罗平。你马上乖乖地把我的公文包和那位夫人的拎包给我……这样的话，我就不把你交给警方，说不定还可以让你入伙。给句痛快话：成还是不成？"

"成。"他低声说。

"那好。今天早上你干得挺漂亮。咱俩没准合得来。"

我立起身来，却不料他从衣袋里掏出一把刀，向我刺来。

"你这蠢货！"我大声喝道。

我用一只手格开他，另一只手猛击他的颈部，用拳击术语说，这叫"左勾拳击打颈动脉"。他倒在地上，昏了过去。

我在公文包里找到了文件和银行票据。出于好奇，我把他的也拿了过来。有一封写给他的信，信封上写着他的名字：皮埃尔·翁弗雷。

我打了个寒噤。皮埃尔·翁弗雷，在奥特伊拉封丹街作案的凶手！他掐死了德博瓦太太和她的两个女儿。我俯下身去看他的脸。没错，在火车上，正是以前见过的画像，让这张脸在我的记忆中浮现过。

时间很紧迫。我在一只信封里放进两张一百法郎的钞票，还有一张写着以下两行字的卡片：

亚森·罗平谨向他的同事奥诺雷·马索尔和加斯东·德利韦表

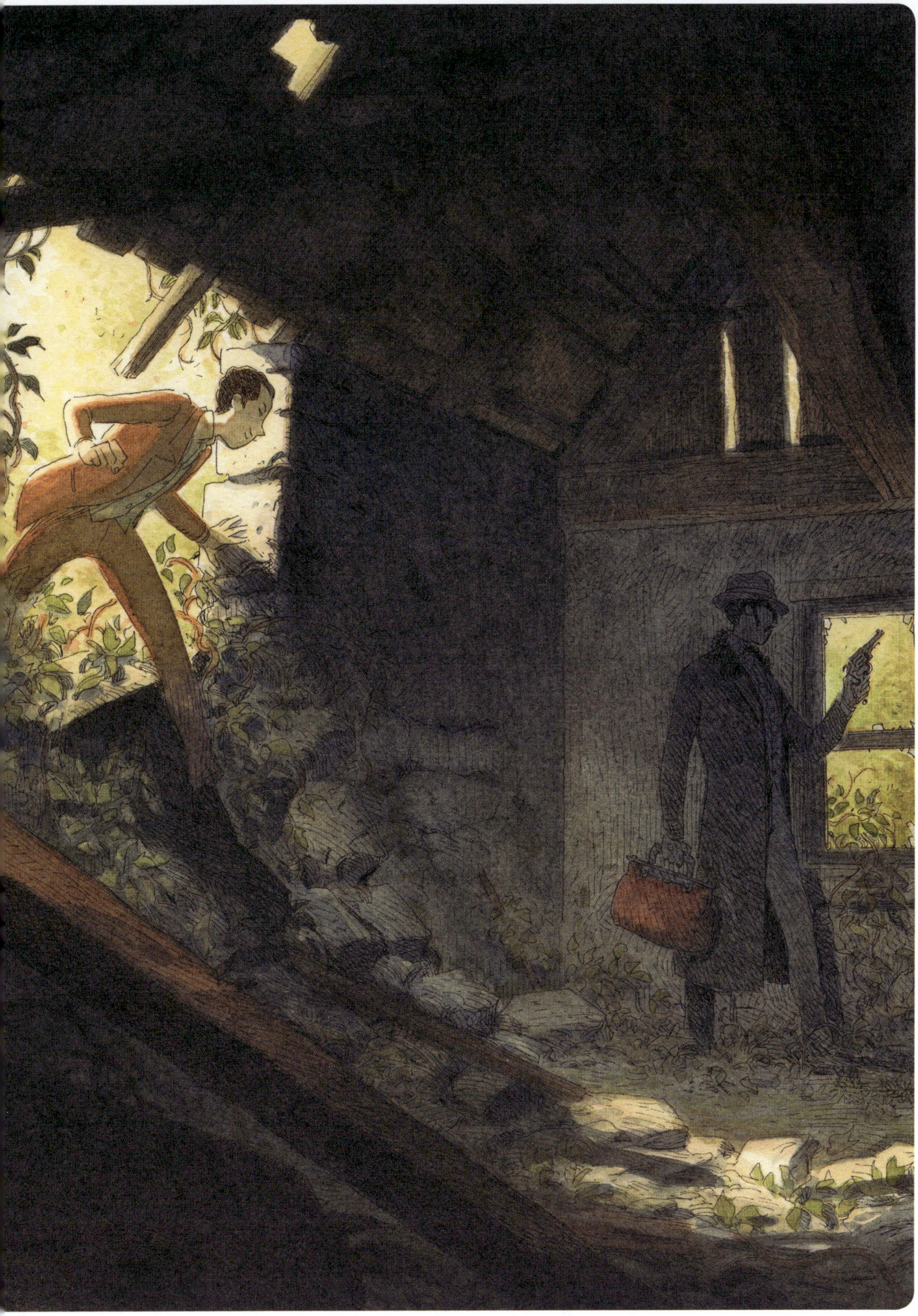

示真挚的谢忱。

  我把这只信封放在一堆东西中显眼的位置。这当口,那家伙动弹了一下。我该拿他怎么办呢?我不想救他,但我也没有资格审判他。我掏出手枪,朝天开了一枪。

  "他们俩会赶过来的,"我心想,"事情该怎么解决,就怎么解决吧。"

  我快步穿过那片洼地,往远处走去。二十分钟过后,我回到了那辆汽车跟前。

  四点钟,我给鲁昂的朋友发电报,告诉他们说,我临时有事,没法前去赴约。说实话,他们想必现在已经知道了我的身份,既然如此,我

神秘的旅客

以后践约的可能性就微乎其微了。没办法，只能让他们扫兴了！

六点钟，我回到巴黎，从晚报上获悉警方已成功将皮埃尔·翁弗雷抓捕归案。

第二天《法兰西回声报》刊登了一则文字虽短，却引起很大反响的消息：

昨日在蒙代洛利埃火车站附近，亚森·罗平与皮埃尔·翁弗雷殊死搏斗，终将这名拉封丹街命案凶手捕获。此犯昨日再度在巴黎开往勒阿弗尔的列车上作案，对监狱管理局副局长的妻子勒诺夫人实施抢劫。亚森·罗平将装有珠宝首饰的拎包物归原主勒诺夫人，并慷慨地酬谢了鲁昂警署的两名警员，对他们在一波三折的追捕行动中予以的协助表示敬意。

5

王后项链

每当奥地利大使馆或是比兰斯通夫人府邸举办舞会的时候,德·特勒—苏比兹伯爵夫人白皙的颈脖上少不了戴着"王后项链";这样的盛典每年总有两三次。

这串项链可是大有来头。当年王室首饰匠博梅和巴桑热为路易十五的情妇迪芭丽伯爵夫人定制的这串价值连城的项链,后来德·罗昂—苏比兹红衣主教曾密谋献给玛丽—安托瓦奈特王后,事败后在一七八五年二月的一个夜晚,参与阴谋的德·拉莫特伯爵夫人在她丈夫和同党雷托·德·维耶特的相帮下,把项链上的钻石拆卸下来分散藏匿。

说实在的,现在只能肯定镶嵌钻石的托子决非赝品。当初趁德·拉莫特先生和夫人匆匆拆卸博梅精心挑选的珍贵钻石之际,雷托·德·维耶特保存了镶嵌钻石的托子。后来他在意大利把托子转卖给了加斯

王后项链

通·德·特勒—苏比兹，这加斯通是罗昂红衣主教的侄子和遗产继承人，红衣主教倒运时他曾出手帮助过叔父。他找到手里存有部分钻石的英国首饰商杰弗里斯，从他那儿买下了这些钻石，然后又设法配上一些同样大小但质地逊色得多的钻石，仿照原样重新镶制了这串名闻遐迩的"王后项链"，作为对教父的纪念。

一个多世纪以来，这串项链始终是特勒—苏比兹家族的骄傲。尽管世事变迁，门第式微，但后代家族成员宁可撙节用度，也决不肯出让这件弥足珍贵的王家纪念物。现在的这位伯爵更是把它视为祖传珍宝，秘之唯恐不及。为谨慎起见，他在里昂信贷银行租用了一个保险箱，专门存放这串项链。逢到妻子要戴"王后项链"的日子，他当天下午亲自去取，第二天仍然亲自去放回保险箱。

那天晚上，在卡斯蒂耶宫为丹麦的克里斯蒂安国王举行的招待会上，伯爵夫人真是出足了风头，就连国王本人也注意到了她那惊人的美艳。一颗颗钻石在她迷人的颈项上熠熠发亮，光彩夺目。如此贵重的饰物，看来似乎也没有别的女人还能以如此悠然、如此高雅的神态来佩戴了。

这是双重的成功，德·特勒伯爵回到圣日耳曼区府邸，走进卧室的当口，心头充满了喜悦。他既为妻子感到骄傲，更为这串光耀门庭、泽被四代的祖传珍宝感到骄傲。

伯爵夫人不无遗憾地从颈脖上卸下项链，递给丈夫；他带着赞美的神情细细端详这串项链，仿佛是第一次见到它似的。随后，他把这串项链装进刻有红衣主教府纹徽的红皮首饰匣，放到隔壁的一个小房间里，这个小房间其实只是个和卧室相通的凹室，不过跟卧室是完全隔开的；要进这个小房间，必须从卧室那张床的床脚跟前经过。伯爵跟往常一样，将首饰匣放在高处的一块搁板上，藏在几个帽盒和一堆内衣中间。然后他关上卧室房门，解衣就寝。

第二天早晨，他在九点钟起身，打算先直接去里昂信贷银行，然后回来用早餐。他换好装，喝了一杯咖啡，就下楼到马厩去看了看，吩咐备马。有匹马看上去有点不对劲，他让马夫牵着它在院子里遛了一圈。然后他上楼回到妻子身边。

她还没有离开卧室，女仆正在帮她梳妆。她朝他问道："您要出去？"

"对……就为这事……"

"哦！可也是……这样更保险……"

他走进那个小房间。可是，几分钟过后，只听得他问道："是您拿了吗，亲爱的？"

她回答说："什么？没有啊，我没拿过。"

"可您把它挪过地方了。"

"根本没有……我连这门也没开过。"

他走了出来，可脸色已经大变，说话也结结巴巴的，有点语无伦次了："您没有……？不是您……？那么……"

她赶紧走进小房间，两人心急火燎地到处寻找，帽盒都给扔到地上，那几堆内衣也给翻得乱七八糟。伯爵嘴里不住在念叨："没用了……我们再怎么找也没有用了……我就放在这儿，就在这块搁板上。"

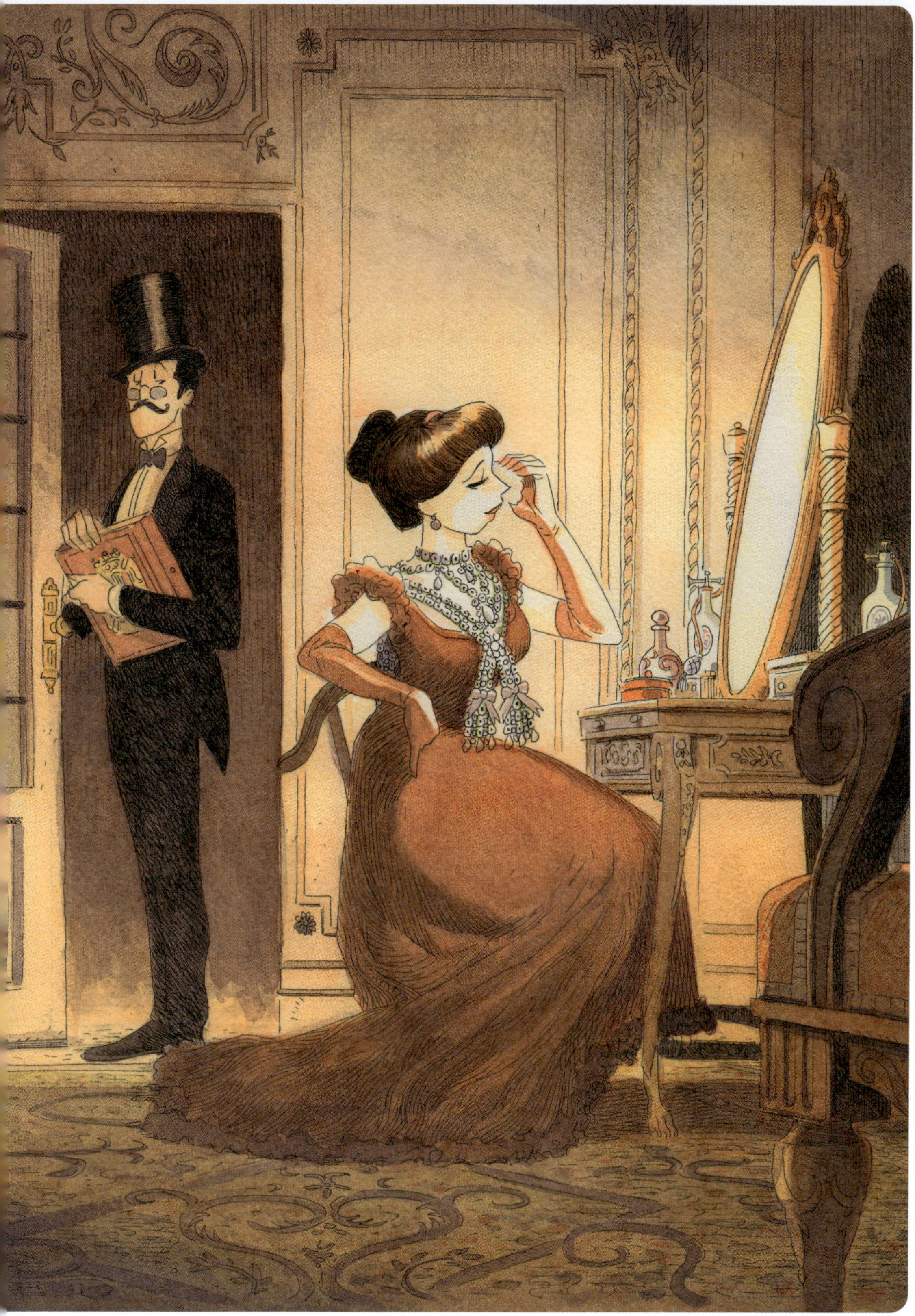

"没准您记错了。"

"是这儿，就是这块搁板，不是那块。"

小房间光线很暗，他们点了一支蜡烛，把那些衣裳，连同小房间里的所有物什一起搬出来。等到里面全部出空以后，他们不得不沮丧万分地接受这个事实：那串名贵的"王后项链"当真不见了。

性格果决的伯爵夫人，没有把时间浪费在大哭小叫上，她马上差人去把瓦洛尔伯探长请来。对这位探长的精明干练，他们已早有所闻。探长当即赶来，从头到尾听明白了事情的原委以后，他就开口问道："伯爵先生，您能肯定晚上不会有人穿过你们的卧室吗？"

"绝对肯定。我一向睡觉很警醒。更何况这间卧室是用插销销上的。今儿早上我妻子拉铃唤女仆那会儿，还是我去拔开插销的呢。"

"没有别的通道可以进入那个小房间了吗？"

"没有了。"

"没有窗子？"

"窗子是有的，但是都堵死了。"

"我想查看一下……"

他们点了几支蜡烛，瓦洛尔伯先生立刻注意到窗户只用一口衣橱堵到拦腰的高度，而且衣橱并没有跟窗扇贴紧。

"靠这么近就足够了，"德·特勒先生解释说，"要是有人想挪动这衣橱，势必会弄出很大的响声来。"

"这扇窗子朝着什么地方？"

王后项链

"朝着一个内天井。"

"这一层上面还有一层吧?"

"还有两层,不过在齐仆人住的那层的高度,天井里张了一个细铁丝网。这个房间比较暗,就是因为这个。"

把衣橱拖开来以后,发现窗子是关好的,由此看来,并没有人从窗外爬进来过。

"莫非这个家伙,"伯爵沉吟道,"是从我们房间出去的不成?"

"要是这样的话,卧室的插销就不可能是插上的了。"

探长考虑片刻后,转过身去向伯爵夫人问道:

"夫人,府上有人知道昨天晚上您打算戴这串项链吗?"

"那当然,这我是不瞒人的。不过没人知道我们把它藏在这个小房间里。"

"谁都不知道?"

"谁都不知道……除了……"

"夫人,请您把话说明白。这一点非常重要。"

她对丈夫说:"我是想说昂丽埃特。"

"昂丽埃特?她跟别人一样,并不知道这事吧。"

"你能肯定吗?"

"这位昂丽埃特是什么人?"瓦洛尔伯先生问道。

"是我在女修院寄宿学校念书时的朋友,她为了嫁给一个工人,跟家里吵翻了。后来她丈夫死了,我就让她带着儿子住在这儿,给他俩安排了一个套间。"

说完，她又有点尴尬地补了一句："她也帮我干点活儿。她手很巧。"

"她住在哪一层？"

"就在这一层，隔得不远……就在过道的那一头……还有，她的厨房的窗子……"

"也朝着这个天井，是吗？"

"是的，正对着我们那扇窗子。"

话音落后，稍稍有一阵静默。

随后瓦洛尔伯先生提出请他们带路，一起到昂丽埃特那儿看看。

进门时只见她正在做针线活，她儿子拉乌尔在旁边看书。探长没想到他们母子俩的住处竟然如此寒碜，除了一个没有火炉的房间，就只有一间充作厨房的内阳台；他问了她几个问题。听见项链失窃，她显得神色很紧张。昨晚是她为伯爵夫人着装，把项链戴在夫人的脖子上的。

"天哪！"她高声说道，"谁想得到会出这种事呢？"

"您没有发现任何可疑之处吗？作案的人可能是从您的房间经过的。"

她放声笑了起来，甚至也不想一下这本身可能就是一个疑点。

"可我根本没有离开过房间呀！我从来不出去。再说，您难道没看见吗？"

她打开内阳台的窗子。"您瞧，从这儿到对面窗台足足有三米远呢。"

"谁告诉您说东西是从那儿偷走的？"

王后项链

"可是……项链不是放在那个小房间里的吗？"

"您是怎么知道的？"

"咦！我早就知道晚上就放在里面……我是当面听见这么说的……"

她年纪还不大，但显得很憔悴，脸上带着温顺听话的表情。她沉默了一会儿，突然表情变得惊恐万分，仿佛一场大祸就要临头了。她把儿子拉到身边紧紧抱住。那孩子牵住她的手，懂事地依偎在她怀里。

出了昂丽埃特的房间以后，德·特勒先生对探长说："我想您不至于在怀疑她吧？我可以为她担保。她为人绝对可靠。"

"噢！我完全同意您的看法，"瓦洛尔伯先生说道，"我原先的想法是她说不定在不自觉的情况下参与了犯罪。不过现在看来这种可能性可以排除了。"

探长的踏勘没有什么进展，以后的几天由预审法官接手继续进行调查。他逐一盘问仆人，验看门的插销，把小房间的那扇窗关上打开的试了好几回，又把内天井从上到下细细检查了一遍……结果一无所获。插销完好无损。窗子从外面既没法打开也没法关上。

调查范围渐渐又缩小到昂丽埃特身上。据查这三年来她一共只出过四次门，而且都是去为府上采购物品。其实，她就是德·特勒夫人的贴身女仆和缝纫女工，夫人对她颐指气使，全然不讲情面，合府上下的仆人在私下里都确认这一点。

预审法官在一周调查结束后，与探长取得完全一致的看法。他说："我们还不知道罪犯是谁。退一步说，即使知道罪犯是谁，我们也无法确认

此人是怎样作案的。门锁着，窗关着，此人究竟从何而入？更令人费解的是，此人出来以后，居然房门插销插得好好的，窗子也照样关得牢牢的。这简直是不可思议。"

历时四个月的侦查工作告一段落，警方私下里的想法是：伯爵夫妇想必是山穷水尽，变卖了王后项链。此案归档后，就此没有了下文。

王后项链的失窃，对伯爵夫妇是个沉重的打击，而且其影响延续了很长一段时日。当初，拥有这串项链本身就是一种信誉的担保，如今情况陡变，债权人的态度马上与往日大不一样，想去调个头寸，对方的脸色也不那么好看了。伯爵夫妇只得当机立断，将部分财产的所有权让与债权人作为抵押。总而言之，要不是靠着祖辈留下的雄厚家底，这对夫妇就要破产了。

伯爵夫人把气出在了当年寄宿学校女友的头上，当众对她恶言相加；先是正式把她贬入仆人之列，随后就辞退了她。

不料，在昂丽埃特离开伯爵府邸几个月过后，伯爵夫人却颇为惊奇地收到她的一封来信：

夫人：

我对您不胜感激。因为我想它一定是您寄给我的，要不还能是谁呢？别人谁也不会知道我在这个偏僻的小镇的地址。倘若我猜错了，尚祈原谅为幸，并请接受我对您以往多方照拂的谢忱……

王后项链

她这算什么意思？现在也好，以往也好，伯爵夫人对她根本谈不上什么多方照拂呀。这么表示谢忱，到底是怎么回事？

伯爵夫人去信要求做出解释。回信来了，昂丽埃特在信上说，她从邮局收到一封信，没有挂号也没有保价，里面附了两张一千法郎的钞票。她随信把那个信封附来了，信封上盖着巴黎的邮戳，寄信人只写了个地址，笔迹显然是做过假的。

这两千法郎是打哪儿来的？是谁寄的？警方就此进行调查，可是一无线索。

一年过后，又发生了同样的事情。一连六年，年年如此。所不同的，仅仅是最后两年款额增加了一倍，当时昂丽埃特生了病，正好可以靠这两笔钱治病。

还有一点不同之处：邮政当局曾借口没有保价，扣留过其中一封信，所以后两封信都是按邮政规定投寄的，前一封寄自圣日耳曼，后一封寄自絮雷斯纳，寄信人分别署名昂克蒂和佩夏尔。但寄信人的具体地址都是假造的。

六年过后，昂丽埃特去世了。这个谜始终没有解开。

一晃又是二十年过去了。

德·特勒伯爵府邸举行宴会。来客中有特勒先生的两位侄子和一位表妹，另外还有德·埃萨维尔庭长、波夏众议员、弗洛里阿尼爵士（他是伯爵在西西里岛旅游时结识的朋友），以及伯爵在俱乐部的老搭档德·鲁齐埃尔将军。

饭后，夫人小姐们喝咖啡，先生们获准离开客厅去抽雪茄，但不能同时都去，免得客厅气氛冷清下来。于是大家闲聊了起来。有位小姐用纸牌给几位先生算了命。随后话题转到几桩轰动一时的案子上来。鲁齐埃尔将军向来爱跟伯爵逗着玩，这会儿又把王后项链那茬儿搬了出来，这正是德·特勒先生最怕听到的话题。

一时间众说纷纭，各人纷纷发表自己的见解。当然，所有的假设都是无法自圆其说，或者自相矛盾的。

"先生，"伯爵夫人向弗洛里阿尼爵士问道，"请问您有何高见？"

"哦！我想，我恐怕无可奉告，夫人。"

王后项链

大家都嚷了起来。这不，爵士刚才绘声绘色地说了好些惊险故事，还都是他和他父亲，巴勒莫的地方法官，亲身经历的哩，从这些故事可以看出他不仅胆识过人，而且对这类事情颇感兴趣。

"我承认，"他说，"我是碰巧解决过几个令高手们束手无策的问题。可是，请各位不要因此就把我看成歇洛克·福尔摩斯……再说，我对这桩公案的来龙去脉还没弄清楚呢。"

来客们都把目光投向府邸的男主人。伯爵虽说满心的不情愿，但还是扼要地把事情说了一遍。爵士边听边想，提了几个问题，然后轻声自语道："这可就奇怪了……我初听起来并不觉得这件事情有多少棘手之处。"

伯爵耸耸肩膀。可是宾客们团团围住爵士要听他的下文。于是他用一种颇有点不容分说的武断意味的口气说道："一般而言，要找出一桩凶杀案或盗窃案的作案人，先得确准此人是如何下手的。眼下的这桩案子，在我看来情况非常简单，因为摆在我们面前有一个现成的假设，而且，确切地说，这是唯一可能的一个假设：此人不是从卧室房门，就是从凹室窗口进去的。然而既然房门上了插销，从外面无法打开，那么他自然就是从窗口进去的了。"

"可窗是关上的，事后也检查过，确实是关得好好的。"伯爵申明说。

"他要从那里进去，"弗洛里阿尼没有搭理这句插话，径自往下说道，"只要用木板或梯子，在对面的内阳台和凹室的窗台之间搭块跳板就行了，等到首饰匣……"

"可我说了，窗子是关好的！"伯爵不耐烦地大声说道。

这一回弗洛里阿尼不能再对伯爵置之不理了。他回答伯爵时的神态极其安详自如，仿佛对方的声辩简直可笑得不值一驳似的："我相信窗子是关好的，但不是还有扇气窗吗？"

"您怎么知道的？"

"首先因为就贵府这样的建筑而言，这几乎是一种常规格局。其次也应当有这么扇气窗，要不然这桩公案不就没法解释了吗？"

"气窗倒确实有一扇，不过也是关上的。所以当时没留心去看它。"

"这是一个失误。要是当时留心去看一下的话，肯定能发现它是打开过的。"

"此话怎讲？"

"我想，这扇气窗也跟别的气窗一样，顶上有个小铁环，钩住铁环就能打开，是不是这样？"

"是这样。"

"这个铁环就在窗扇和衣橱中间？"

"没错，可我不明白……"

"请听我说。只要拿件工具，比如说拿根有个钩头的铁条，从窗上的缝道里伸进去，钩住铁环一拉，气窗就开了。"

伯爵不由得冷笑一声："哼！妙极了！您说得可真轻巧！不过您忘了一件事，亲爱的先生，那就是气窗上根本没有什么缝道。"

"缝道是有的。"

"不可能，当初我们就没见到。"

"要想见到，就得仔细看。你们没有仔细看。缝道是一定有的，就沿着嵌玻璃的油灰……当然是沿竖直方向。"

伯爵噌的一下立起身来，神情激动地在客厅里走了几步，然后走到弗洛里阿尼跟前说道："那儿的东西都没动过，还保留着原样……没人再进过那个小房间。"

"既然这样，先生，您就不妨去验证一下我的说法是否属实喽。"

德·特勒先生疾步走了出去；客厅里一片寂静。

不一会儿，伯爵出现在客厅门口，脸色苍白，神情异常激动。他声音颤抖地向来客们说道："我请诸位原谅……这位先生的判断实在太出人意料了……我怎么也想不到……"

伯爵夫人打断他说："快说呀，到底有没有？"

伯爵结结巴巴地说："是有道缝隙……就在那个地方……沿着窗玻璃……"他猛地抓住爵士的胳臂，急切地说："现在，先生，请您再往下讲……您刚才说的话句句有理；可事情还没完……依您看，这究竟是怎么回事？"

弗洛里阿尼轻轻抽出胳臂，稍等片刻后，才开口说道："嗯，依我看是这么回事。作案人知道伯爵夫人戴着这串项链去参加舞会了，就趁你们不在的时候架好了跳板。他透过窗子监视你们的行动，看着您把首饰匣藏好。等您一离开，他就从缝道里拉开了气窗。"

"就算是这样，那他从气窗探身进来，也还是够不着下面的窗把手呀。"

"既然下面的窗子打不开,他自然就是从气窗爬进去的。"

"这不可能;再瘦小的男人也爬不过去。"

"那么就准是个孩子了。"

"孩子!"

"您不是说,你们的女友昂丽埃特有个儿子吗?"

"可也是……他叫拉乌尔。"

"那么,非常有可能就是这个拉乌尔作的案。"

"您有什么证据?"

"证据?……证据当然会有的……比如说吧……"他打住话头思索了几秒钟,然后接着往下说,"比如说吧,那块跳板,这孩子要是从外

王后项链

面去搬进来,是没法不让人瞧见的。他一准是就地取的材。昂丽埃特用作厨房的阳台里,不是有几块搁板架在墙上,放放炖锅之类炊具的吗?"

"我记得是有两块。"

"应当去查看一下,这两块搁板是不是连架子做牢的。如果不是的话,自然不妨假定这个孩子会把它们撬下来接在一起。既然旁边有炉灶,说不定还能找到一根带钩的通条,他想必就是用它来打开气窗的。"

伯爵一声不吭地走出客厅。这一回,在场的宾客们甚至都预感到了爵士的话是不会落空的。果然,伯爵回转客厅时大声说道:"真是那孩子,真是那孩子干的,您说得一点不差。"

"您看到那两块搁板……还有通条了?"

"看见了……搁板的钉子都起下了……通条还在那儿。"

伯爵夫人嚷道:"那孩子……其实应该说是他母亲。昂丽埃特才是真正的罪犯。一定是她唆使儿子……"

"不,"爵士打断她说,"这不关他母亲的事。"

"哪能呢!他们母子俩就住一个房间,孩子的一举一动都瞒不过昂丽埃特的眼睛。"

"他俩是住在一间屋子里,可是事情都是夜里做母亲的睡着以后,发生在隔壁房间里的。"

"那么王后项链呢?"伯爵说道,"当初照说该在孩子的物什里找到的呀。"

"对不起!他把它带出去了。那天你们突然光临他俩居室那会儿,他刚从学校回来。也许警方大可不必兴师动众地去对付他的母亲，而该到学校去检查一下他的课桌才是。"

"那好吧，可是昂丽埃特每年都要收到两千法郎，那难道不是她同谋作案的证据吗？"

"同谋作案？她不是为这钱向你们表示过感谢吗？而且，她不是一直处在警方的监视之下吗？而那孩子是自由自在的，他可以到邻近的城里，随便找个商人以低价出手一颗两颗钻石……唯一的条件是钱必须从巴黎寄出，到下一年自然又可以照此办理喽。"

伯爵夫妇和来宾们似乎都感到一种难以名状的不自在。在弗洛里阿尼的语气和神情中，确实有一种揶揄的意味，而且好像并不是开开玩笑，而是出于某种敌意，存心显得这么皮里阳秋的。

伯爵打个哈哈说道："真是妙不可言！阁下的想象力实在令人佩服！"

"您说错了，"弗洛里阿尼神情严肃地说，"我并没有想象，而是把肯定发生过的事情照原样说出来而已。"

"那您何以能知道这些事情呢？"

"是您自己告诉我们的。从您讲的情况里，我知道那母子俩去了一个偏僻的小镇，母亲病倒了，那孩子变着法子卖掉钻石想让母亲治好病，或者至少让她在最后的那段时日里少受些痛苦。她没能治好病。她死了。岁月流逝，那孩子长大成人，成了一个堂堂的男子汉。于是——这一回，我承认我确实是充分发挥了想象力——我们不妨假定他感到有一种愿望，想要回到他度过童年时代的地方，看看那些当年怀疑过、指控过他母亲的人……当他这样重返故地，看到当年悲剧发生的旧宅的时候，请诸位想一下，他的心情该是多么地悲愤交集。"

他的话音落后，客厅里有一阵异样的静默，伯爵夫妇脸上的表情很复杂，既像是想竭力听出他的话外之音，又像是惶惶不安地生怕听明白他话里的意思。只见伯爵大气不出地轻声问道："您到底是谁，先生？"

"我是谁？是有幸在巴勒莫和您相识，后来又屡次承蒙相邀过府的弗洛里阿尼爵士呀。"

"那您说这个故事是什么意思？"

"噢！没有什么意思！就不过是说着玩儿吧。我想设想一下，要是昂丽埃特的儿子还活在世上，而且能亲口告诉您说是他作的案，是他在母亲就要丢掉……女用人的饭碗，是他因为看着母亲受苦感到心痛而作的案，要是他能亲口对您说出这一切，他会有多么高兴呵。"

说完，他带着克制住的激动情绪，欠起身来朝伯爵夫人微微鞠了一躬。已经没有任何疑问。弗洛里阿尼爵士不是别人，他正是昂丽埃特的儿子。他的神态，他的谈吐，都再清楚不过地表明了这一点。而且他的动机，看来也正是要让他们在这样的一个场合里认出他来！

伯爵犹豫不决，感到左右为难。这么个天不怕地不怕的脚色，他如何对付才是呢？拉铃唤人？大吵一场？把事情全部抖搂出来，指控他就是当年的窃贼？可是，这么多年都过去了！谁会把这话当真，谁会相信

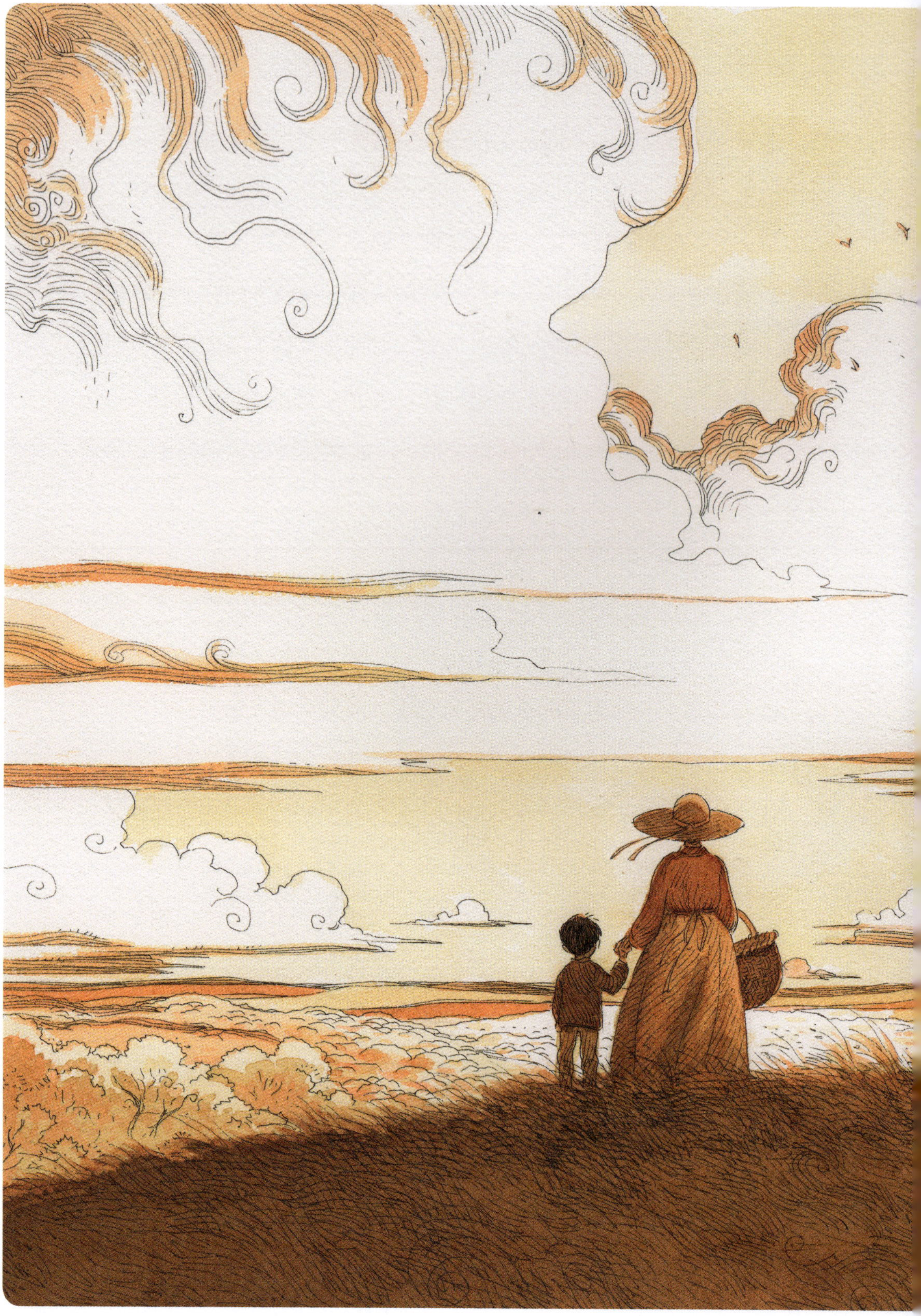

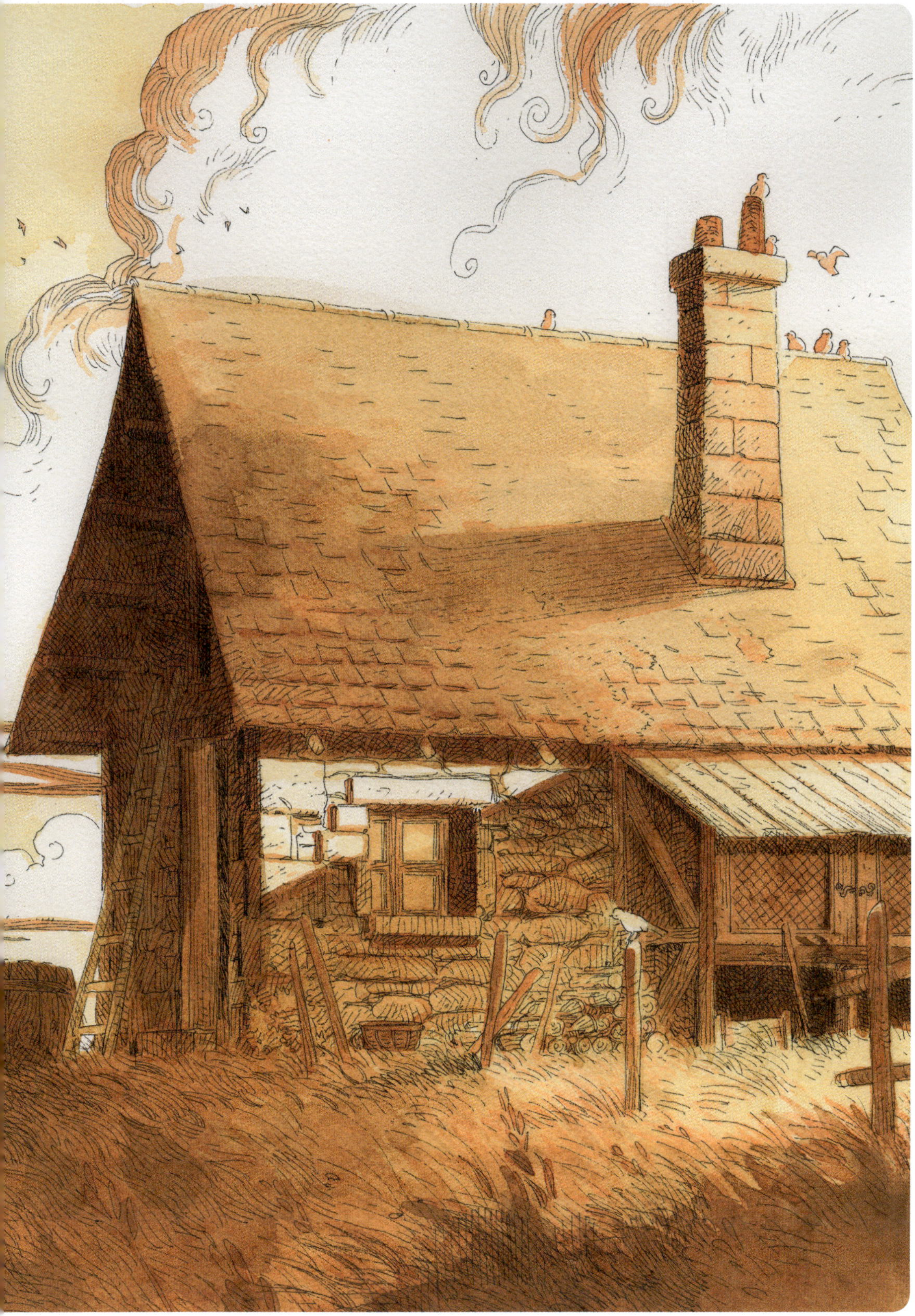

这并非无稽之谈呢？不，最好的办法还是按兵不动，继续装糊涂装下去。

于是，伯爵走到弗洛里阿尼跟前，语气诙谐地大声说道："您的故事非常有趣，实在妙不可言。不过，您说的这个好孩子，这个孝心感人的好儿子，不知后来怎么样了？但愿他还能再接再厉，在这条路上走下去吧。"

"噢！那当然。"

"可不是！真所谓出手不凡！才六岁就把王后项链弄到了手，那可是玛丽—安托瓦奈特也垂涎过的项链哪！"

"弄到了手，"弗洛里阿尼顺着伯爵的话茬往下说，"而且居然没有遇到半点麻烦，居然没人想到去检查一下气窗玻璃，或者去看一眼窗台，窗台上原先积了一层厚厚的灰尘，他因为在上面留了痕迹，就把灰尘全揩掉了……是啊，一个毛孩子办起事来难免有些毛手毛脚。事情居然那么容易？居然只要想想，只要伸手就行？……当然，他想要……"

"于是他就伸手了。"

"两只手全伸了出去。"爵士哈哈大笑接口说。

随后，他起身走到伯爵夫人跟前向她告辞。伯爵夫人见他走近，身子不由得往后缩去。他微微一笑。"哦！夫人，您害怕了！敢情我那沙龙巫师的这出戏演得有些离谱了？"

她镇定下来，同样以稍带调侃的洒脱的语气回答说："哪儿的话？这个好儿子的故事，我可是听得津津有味呢，我的项链有幸找到这么好的主人，真让我感到高兴。不过依您看，这个……女人，这位昂丽埃特的儿子会不会顺应天意，去完成自己的使命呢？"

他听出话里的讽刺意味，周身微微一颤，随即答道："我想是会的，而且这种使命感想必是很认真的，因而这孩子才没有气馁过。"

"此话怎讲？"

"这不，您也知道，大部分钻石都是赝品。只有从英国珠宝商手里买回来的那几颗是珍品，而尽管为生活所迫，他还是不曾把珍品出手卖掉。"

"可那毕竟是王后项链，先生，"伯爵夫人态度高傲地说，"这一点，我看昂丽埃特的儿子是不会明白的。"

"他应当会明白的，夫人，无论是否赝品，这串项链总归是件可以炫耀的东西，总归是块招牌。"

德·特勒先生在向妻子示意。但伯爵夫人仍然接口说道："先生，倘若您所指的那个人还有一点羞耻心……"

她话没说完，就被弗洛里阿尼的目光震慑住了，不敢再往下说。他重复她的话说："倘若那个人还有一点羞耻心……"

她意识到这样对他说话，是捞不到半点好处的。所以尽管傲气受挫使她气得浑身发抖，她还是克制住自己，强自压下怒气和愤懑，勉强不失礼貌地对他说道："先生，据说当年雷托·德·维耶特把王后项链弄到手以后，就和德·拉莫特合谋把所有的钻石都卸了下来，可还是没敢动那托子。他明白那些钻石只是装饰品，只是附属品，而那托子才是真正的艺术品，真正的杰作，所以他没有损坏它。您以为那个人也会明白这一点吗？"

"我相信那托子一定还在。那孩子没有损坏它。"

"那好吧，先生，哪天您碰到他，请转告他，这件代表家族财富和荣誉的珍贵纪念品，由他保存是不合适的，他可以取下那些钻石，但王后项链仍然应当属于特勒—苏比兹家族所有。它就像我们的姓氏、我们的荣誉一样属于我们所有。"

爵士仅仅回答了一句："我一定转告，夫人。"说完，他向她欠了欠身，又向伯爵和其他宾客致意后，抽身退出客厅。

四天以后，伯爵夫人发现卧室桌子上放着那只饰有红衣主教纹徽的红色首饰匣。她打开一看，里面赫然就是那串王后项链。

然而，对一个讲究逻辑的人来说，凡事都该有个说法——再说名字见见报也没坏处——因此第二天《法兰西回声报》上便刊登了这样一则引起轰动的消息：

德·特勒—苏比兹家族当年失窃的王后项链，日前已由亚森·罗平觅得并当即奉还失主。对这种高尚的骑士风度，公众无不赞叹不已。

6

红心七

　　我竟然认识侠盗亚森·罗平，这真是个奇迹，因为我的社交圈子里不可能有这样的人。但我确实认识他，说起来这也仅仅是一个机遇，刚巧让我给碰上了，介入了他的一段神秘离奇的经历，在他导演的一出扑朔迷离的戏里串演了一个角色。这出戏十分复杂，我就从头说起吧。

　　那是六月二十二日晚间，我和几个朋友一起在瀑布餐厅吃晚饭，直到夜深才分手。达斯普里——这位无忧无虑、招人喜欢的达斯普里，谁想得到不出半年工夫竟会在摩洛哥边境死于非命呢——和我做伴，在幽暗的夜色中步行回家。那会儿我刚搬到巴黎郊区的纳伊镇才一年，住在马约大街。走到我那幢小楼跟前时，他问我："您有时候怕不怕？"

　　"此话怎讲？"

　　"这座小楼孤零零的，边上连户邻居也没有……周围尽是些荒地……

说真的，我不是个胆小鬼，可我……"

"嗨，您敢情是醉了吧！"

"哦！我可醉不了。刚才大家说的强盗故事还在我脑子里打转哩。"

他和我握了握手，就径自走开了。我掏出钥匙开门。

"得！安托万忘了给我点支蜡烛了。"我暗自说道。可是突然间我想起来了：安托万告了假，今晚不在这儿。顿时这黑魆魆、静悄悄的屋子使我感到不自在起来。我慌里慌张地摸上二楼，走进卧室后赶紧锁上房门，拉上插销，然后才点上蜡烛。

烛光使我镇静了一些。但我还是把那支远射程的大号手枪拔出枪套，搁在床边。采取了这样的防范措施以后，我定下心来，躺下准备睡觉了。跟平时一样，我随手拿起床头柜上的一本书，这本书始终放在那儿，我每晚临睡前总要看上几页。

让我大吃一惊的是，在我昨晚夹裁纸刀的那一页，夹着一封信，封口上还盖着五枚火漆封印。我一把抓起信封，上面赫然写着我的姓名，还有一个"急"字。

一封给我的信！是什么人把它放在这个地方的呢？我心情紧张地拆信念道：

从您打开这封信的这一刻起，无论周围发生什么事情，无论您听见什么声音，您都不要声张，不要做任何动作，也不要出半点声音。要不然，您就得倒霉。

红心七

我也不是个胆小鬼，可是那天晚上我本来就情绪挺紧张，特别敏感，再加上事情又来得这么突然，于是就不由得心里打起了小鼓。

我神经质地捏住这张信纸，反反复复看着这几句恫吓的话：不要做任何动作……不要出半点声音……要不然，您就得倒霉……"嗨！"我心想，"准是谁给我开的玩笑，一个拙劣的玩笑。"

想到这儿，我几乎想笑起来，甚至还想放声笑一笑。可不知为什么就是笑不出来。是什么莫名的恐惧堵住了我的喉咙？

至少得把蜡烛吹灭吧。可我没吹。"不要做任何动作，要不然，您就得倒霉。"信上可是写得明明白白的哟。我闭上了眼睛。

正在这时，寂静中传来一阵轻微的声音，然后是"嘎啦嘎啦"的响声。我觉得好像就是从隔壁的大房间里传过来的，那个我兼作书房的大屋，跟卧室中间仅隔着一个前厅。

危险的临近使我浑身的神经都绷紧了。我只觉得自己就要起身抓过手枪，冲进那个大房间去了。可是我并没有起身：就在我面前，左边有一块窗帘微微在动。

它确确实实在动！我瞧见——哦！瞧得清清楚楚——在窗扇和窗帘之间的狭仄的空间里，有个人影藏在那儿，使得窗帘看上去鼓鼓囊囊的。窗帘的布料网眼挺粗，那家伙打里面一定也看得见我。这下我全明白了。趁其他歹徒打家劫舍的当口，这家伙在这儿守着我呢。

一声巨响震撼着整座屋子，然后是较轻的敲击声，仿佛有人用头在敲钉子似的。至少我这么觉着，不过说实话，当时我的脑子已经有点晕

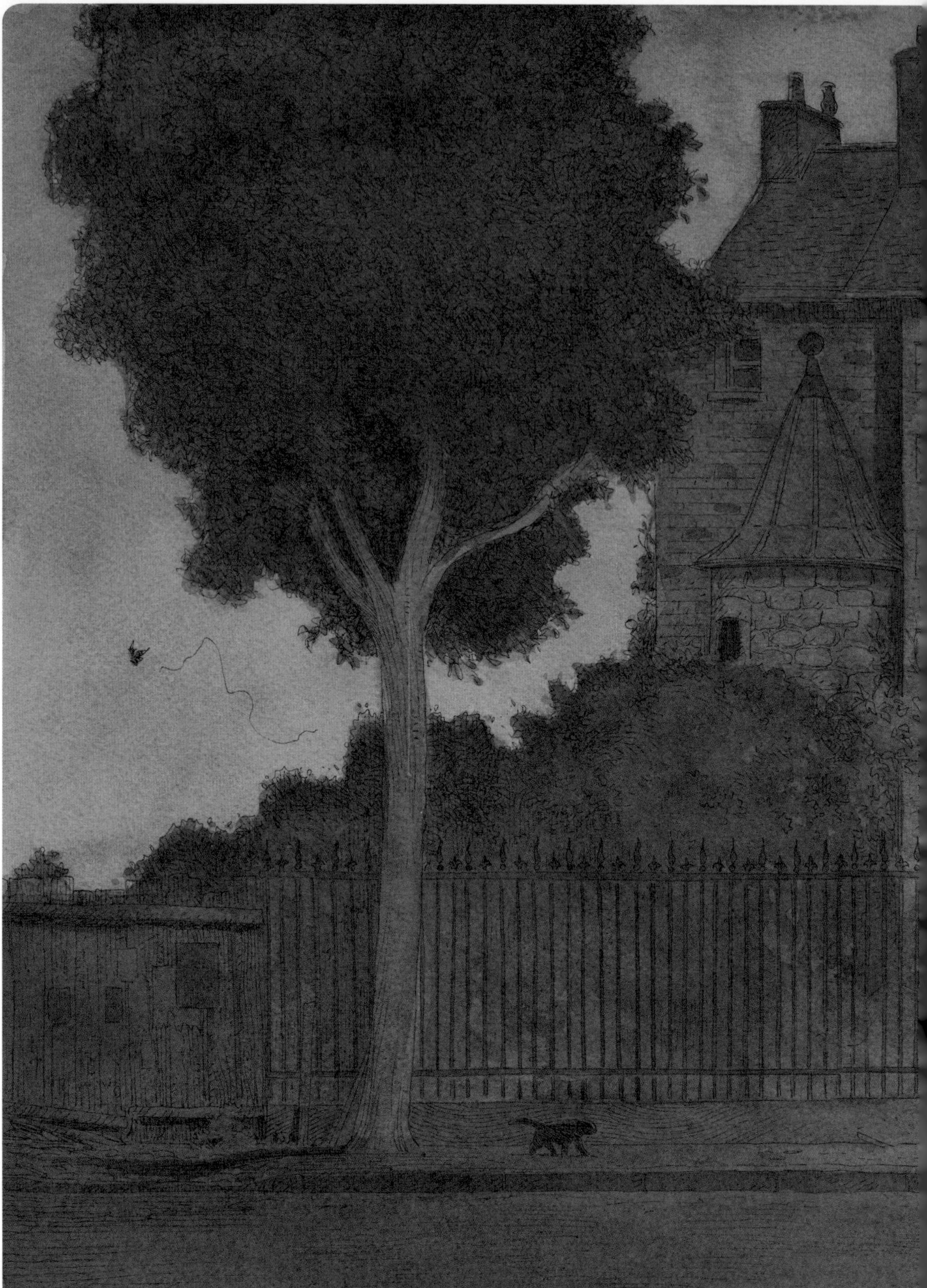

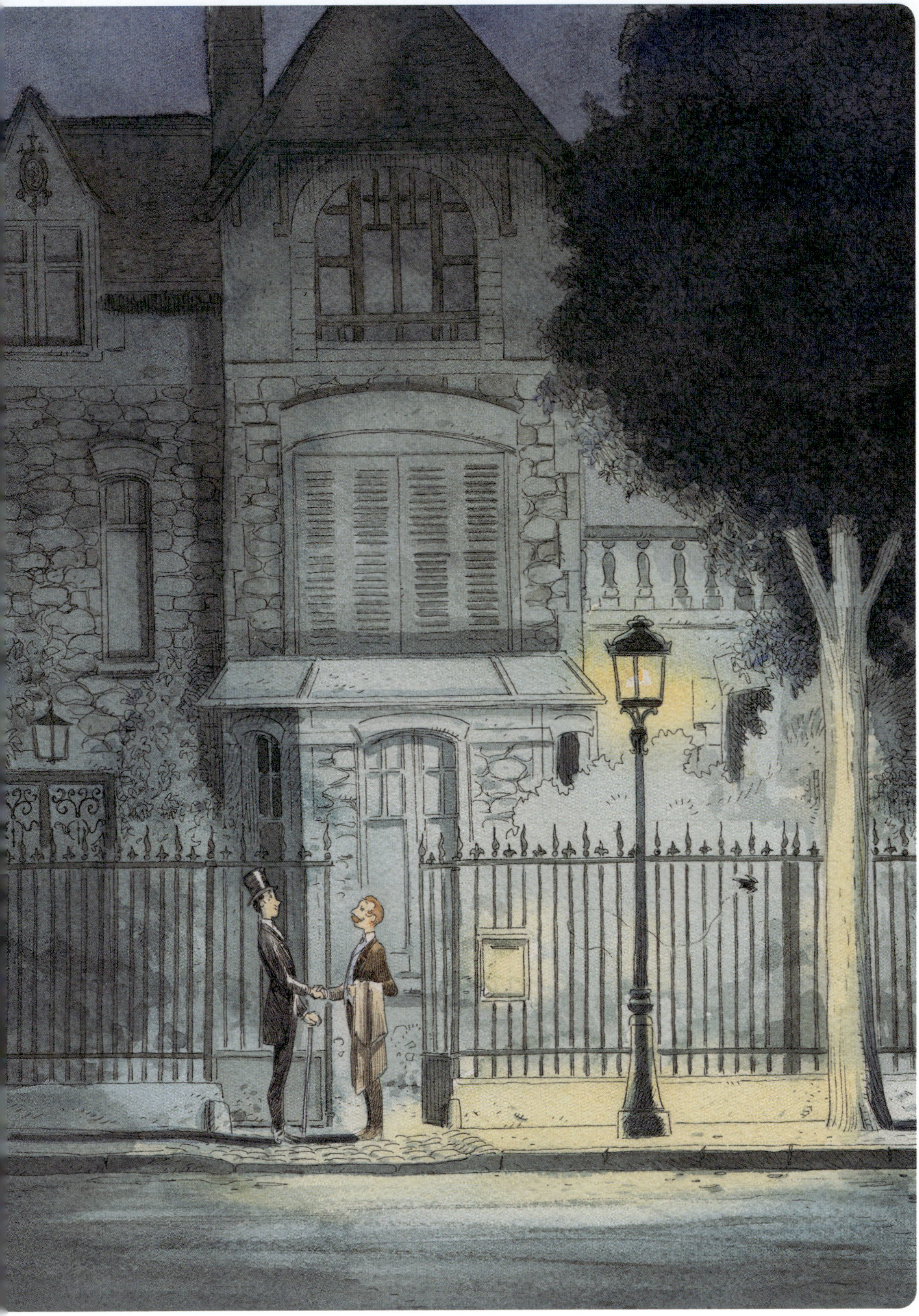

乎了。接下去，只听见一片嘈杂的声响，让人感觉得到那伙人干这活儿挺大大方方的，压根儿没有藏藏掖掖的意思。

他们的确有办法：我毕竟没敢声张。这是怯懦吗？也不是，我只是觉得浑身像散了架似的，四肢根本动弹不得。其实这也可以说是明智之举，说到底，何必真去跟他斗呢？这个人只要一声唤，就会有十个同伙赶过来。拿性命去换些挂毯之类的玩意儿，值得吗？

整个夜里我都这么心惊胆战地受着折磨！后来声音停了，可是我一刻不停地等着它再响起来。还有那个家伙，那个手里握枪监视着我的家伙哩！我惊恐的眼睛一直不敢离开他的身形，心头怦怦直跳，黄豆般大小的汗珠从额头直往下淌！

突然间我感到一阵无以名状的欣喜：一辆送奶车缓缓驶过大街，传来我熟悉的隆隆声，与此同时，我感觉到晨曦从百叶窗的缝隙中透了进来，幽暗的室内有了朦朦胧胧的亮光。

过了一会儿，其他的车辆也纷纷驶过街道。夜幕下的幽灵全都消失了。这时我悄悄地把手向桌子上伸去，但眼睛仍盯住窗帘的褶裥，那人一准躲在那儿瞧着我。我盘算好行动的步骤，然后猛地抓起手枪，朝着窗帘开了一枪。

我兴奋地喊了一声，跳下床来朝窗帘冲去。窗帘穿了个孔，窗玻璃也碎了。可是那个家伙，我没能逮着他……原因很简单：窗帘里面连人影也没有一个。

根本没有人！这么说，整个夜晚我都是被一道窗帘的褶裥给镇住

红心七

了!而那些歹徒趁这当口……我怒从胆边生,无名火"腾"地蹿了起来,扑过去拔开插销,打开房门,穿过前厅,冲进对面的大房间。

可是我见到的景象,却比那个子虚乌有的家伙更让我吃惊,我仿佛给钉在门口,呆若木鸡地光会喘气:房间里完全是原样,一件东西不少。我原以为给偷走了的那些家具、油画之类的东西,全都好端端的在原来的位置上!

这可真叫人摸不着头脑了!我简直不敢相信自己的眼睛!夜里那片乱糟糟的移动东西的响声,又该如何解释呢?我在房间里转了一圈,沿着四周的墙壁把我非常熟悉的那些家具和油画一一点数。一件不缺!最使我困惑不解的,是那些歹徒进进出出居然不留半点痕迹,没有一把椅子挪过地方，没有一个脚印留在地毯上。

"嗨，"我双手抱住脑袋暗自想道，"我又不是疯子！我听得清清楚楚的嘛！……"

我在房间里仔仔细细地进行检查，结果并没发现什么线索，只是……可这也能算回事吗？在一方波斯地毯下面，我瞥见有张扑克牌撂在地板上，就捡了起来。这是张红心七，就跟所有扑克牌中的红心七一个模样，但有一点挺奇怪，所以引起了我的注意。七颗红心的尖端都有一个整齐的小圆孔，看上去像是用一把锥子戳出来的。

仅此而已。除了这张扑克牌，就只有夹在书里的那封信了。光凭这两点，是不是就足以证明这并不是一场噩梦呢？

整整一天，我继续在这个大房间里搜索。这房间大得几乎跟整幢小屋不相称，其中的装饰也充分体现出当初的设计者那种稀奇古怪的趣味。拼花地板由五颜六色的小块拼嵌成对称的图案。墙壁也用小色块镶嵌成大幅的壁画：有意大利庞贝风格的，也有东罗马帝国拜占庭风格的。酒神用叉子叉穿了一只酒桶。一个白胡子皇帝头戴金冠，右手捏着一柄长剑。

整个房间只有一扇开在高处的窗子，这一点颇有工场间的味道。这扇窗通宵不关，所以那伙人很可能是从那儿搭梯子爬下来的。不过这一层也无法确证。要竖梯子，总该在外面院子的泥地上留下点印痕吧？可是没有一丝痕迹。围绕宅子的那片荒地上也看不见新踩的脚印。

说实话，我没打算去报警，因为我觉得简直没法报案，有些话说了恐怕会徒然留下个笑柄。不过两天后正好是我在《吉尔·布拉斯报》上定期发表专栏文章的日子。由于这件奇遇一直萦绕在我脑际，我就把它原原本本写进了专栏文章。

文章自然有人读到了，可是我看得出来，人家没把这事当真，以为这只不过是一则编造出来的故事罢了。只有达斯普里挺认真，他来看我时向我了解了不少情况，也提出了一些设想，他在这方面还是挺有一手的……但毕竟也没能说出个道道来。

一天早上，铁门的门铃响了，安托万进来通报说有位先生想见我，但不肯说出自己的名字。我吩咐让他进来。

来人是个四十岁左右的男子，脸色黧黑，神情严峻，服装很整洁，但有些磨损。他用嘶哑的嗓音开门见山地对我说："先生，我偶尔看到《吉尔·布拉斯报》，拜读了您的大作。我对这篇文章……很感兴趣。"

"谢谢。"

"所以我就来登门拜访。"

"噢！"

"是的，我想跟您谈谈。您在文章里写的那些事情，全都确有其事吗？"

"完全如此。"

"没有任何想象的成分？"

"绝对没有。"

"这样的话，我想我也许能向您提供一些情况。"

"请说吧。"

"不过在我说给您听之前，我得先核实一下您说的那些情况。"

"怎么核实？"

"让我在这个房间里单独待一会儿。"

我惊诧地望着他，"我不大明白……"

"我是在读您的文章时产生这个想法的。您说的某些细节，跟我碰巧经历过的一桩事情实在太相像了。不过，万一我是弄拧了，当然还是别说出来为好。要知道有没有弄错，只有一个办法，就是让我独自留在这儿……"

他说这话是否别有用意？事后回想起来，我觉得他说这话的时候显得很紧张，神情很惊慌。不过尽管我当时有些惊讶，却并没有觉得他的要求有什么特别出格的地方。再说，好奇心也撩拨得我心痒痒的！

我回答说："好吧。您需要多少时间？"

"喔！三分钟就够了。从现在算起，三分钟以后您就请进来吧。"

我退出屋去，到了楼下就掏出表来看时间。一分钟过去了。两分钟……为什么我会觉得像透不过气来似的？为什么我会觉得这两分钟过得这么慢？

两分半……两分四十五秒……蓦地传来一声枪响。

我三步并作两步奔上楼梯，冲进房间，顿时不由得惊叫起来。

那人躺在地板上，脑袋开了花，鲜血汩汩地往外流。在他捏得紧紧

红心七

的拳头旁边有把手枪，枪口还在冒烟。只见他一阵痉挛，随后就不动了。

可是除了这怕人的场景外，还有一样东西更使我感到触目惊心。离那人就两步路的地板上有一张红心七！我拾起这张扑克牌。七枚红心的尖端都戳了洞……

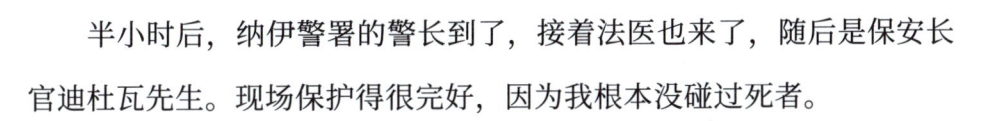

半小时后，纳伊警署的警长到了，接着法医也来了，随后是保安长官迪杜瓦先生。现场保护得很完好，因为我根本没碰过死者。

现场踏勘没费多大事儿，原因是没有发现任何线索可供确认他的身份。房间里一切如常，家具没有挪动过，所有的物件都保持原样。可是这人上我家来，总不会是因为看着我这儿觉得挺合适，觉得比别的地方都好，所以特地来自杀的吧！他决定采取这种绝望的举动，也总该有个动机，而这个动机又只能是他在单独留下的这三分钟里刚发现的某件东西触发的。

那是什么东西呢？他究竟看见什么了？是什么东西把他吓成了这样？他到底撞上了怎样一桩骇人听闻的秘密？所有这些问题，都叫人百思不得其解。

不过，最后总算发现了一条线索。两个警察刚想把尸体抬上担架的当口，发现死者原先攥紧的拳头松了开来，露出一张团得皱巴巴的名片。

名片上写着：乔治·安德马特，贝里街三十七号。

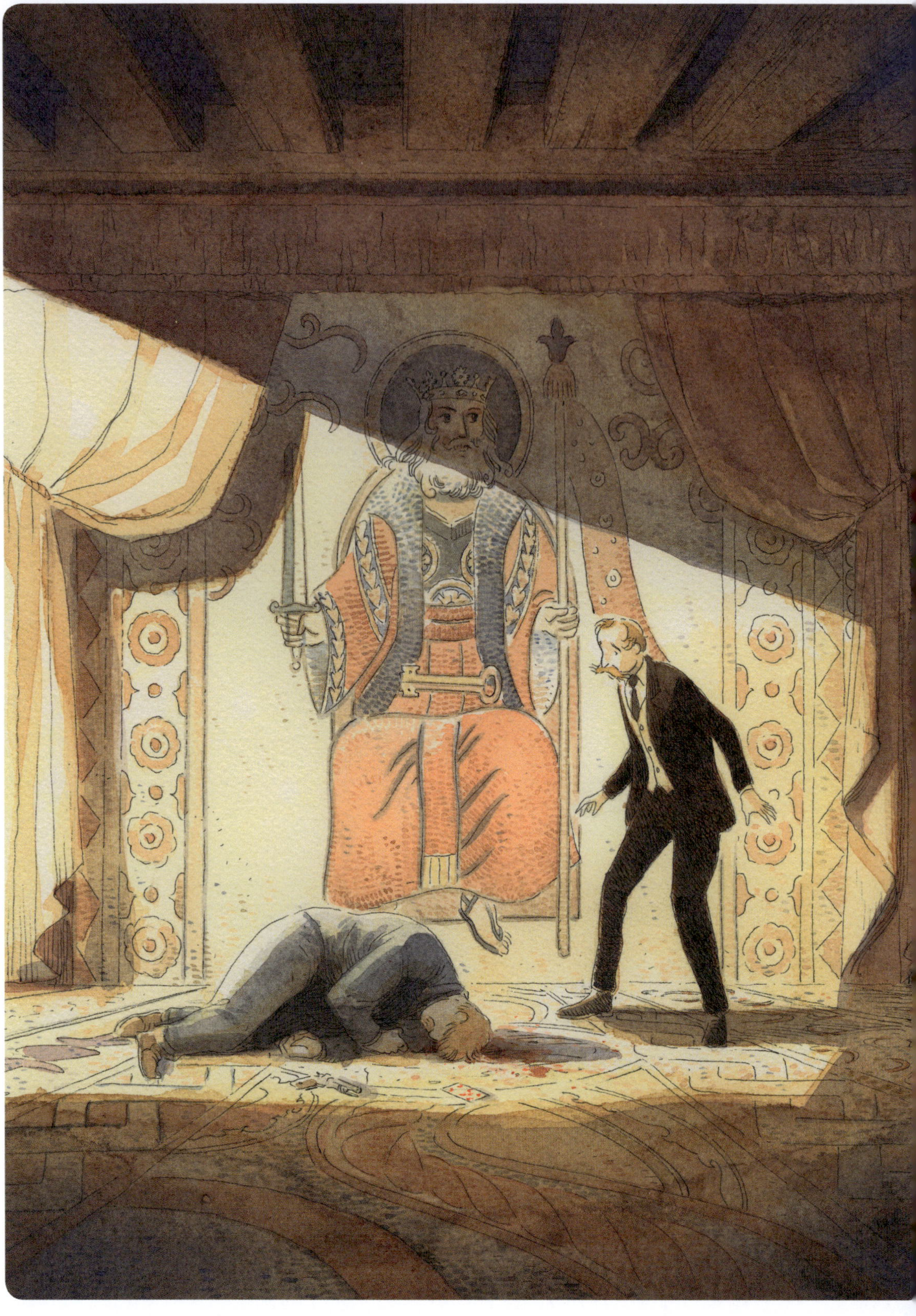

红心七

这意味着什么？乔治·安德马特是巴黎的一个大银行家，金属期货银行的创办人和现任行长。此公生活阔绰，拥有豪华马车和自备汽车，马厩里养着良种赛马。他在府邸举办宴会时，经常宾客满座，安德马特夫人则一向以娴雅和美貌闻名。

"莫非死的就是他？"我喃喃地说。

保安长官俯下身去，"不是他。安德马特先生肤色挺白，头发也有点花白。"

"那怎么会有这张名片呢？"

"您有电话吗，先生？"

"有的，就在门厅里。请跟我来。"

他查了电话号码簿，拨通了电话。"安德马特先生在家吗？麻烦您告诉他一下，就说迪杜瓦先生请他马上到马约大街一百零二号来。有急事。"

二十分钟后，安德马特先生乘自备汽车来了。保安长官把情况给他说了，然后把他带到死者跟前。

他的脸上霎时间显出激动的神情，情不自禁地轻轻说道："艾蒂安·瓦兰。"

"您认识他？"

"不……算不上认识……只是见过面。他的哥哥……"

"他还有个哥哥？"

"是的，叫阿尔弗雷德·瓦兰……他哥哥有一次来求过我……我记不起来是什么事了……"

"他住在哪儿？"

"他们兄弟俩一起住……好像是在普罗旺斯街。"

"他干吗要自杀，您是不是想得出什么原因？"

"想不出。"

"他手里为什么有这张名片呢？……是您的名片，上面还有住址！"

"我也不明白是怎么回事。看来这巧合要等侦讯结果出来才解释得清楚了。"

我在心里想，不管怎么说，这巧合总有点蹊跷，而且我觉得在场的其他人好像也有同样的印象。可是安德马特先生没能提供别的线索。"我知道的我全说了，"他翻来覆去就是这句话，"我也跟大家一样想等着看看这是怎么回事呢。"

根据安德马特提供的线索进行调查的结果表明，瓦兰兄弟原籍瑞士，曾用多种化名，经常出入赌场，与一个受警方注意的外国犯罪团伙有联系，该团伙成员连续多次作案后即四处流窜，现已查明瓦兰兄弟当初曾经参与作案。这两兄弟六年前确实住在普罗旺斯街二十四号，但后来邻居即不知他俩去向。

说实话，我觉得这件案子错综复杂，看来恐怕棘手得很。达斯普里却似乎很感兴趣，这段时间跟我接触格外频繁。

有一天他给我看社会新闻栏里的一则消息。这则消息是从国外的报纸转载的，编者还配发了评论：

红心七

奉陛下旨意，研制潜水艇的有关试验即将付诸实行，试验地点则暂需保密。试验一旦成功，未来海战即将彻底改观。据有关人士透露，该艇已命名为红心七号。

红心七？这难道仅仅是个巧合？这艘潜水艇的名字跟我上面说的这些事情究竟有没有联系？那又是一种什么性质的联系？这些事情发生在这儿，试验发生在那儿，两者之间能有什么相干呢？

"这谁说得准？"达斯普里对我说，"有些看上去风马牛不相及的事情，到头来却是一条藤上结的两个瓜。"

两天以后，报上刊登了另外一条社会新闻：

据闻，即将进行一系列试验的红心七号潜水艇研制方案，系出自法国工程师之手。此位工程师曾向本国政府请求资助，遭拒绝后又曾与英国海军部联系，亦未果。此则消息无法证实，仅供参考。

接着，《法兰西回声报》刊载的一篇文章引起了舆论界的轰动。这篇文章为所谓的红心七案件提供了若干线索——但又都是些扑朔迷离的线索。

这篇署名萨尔瓦托的文章全文如下：

"红心七案件"初见端倪

我们长话短说。十年前,有位年轻的采矿工程师路易·拉贡布因热衷于一项研制工作,毅然辞去公职,租赁马约大街一百零二号的小楼埋头从事研究,亦雇用原籍洛桑的瓦兰两兄弟作为帮手,其中一位在他做实验时当助手,另一位为他物色适当的隐名合伙人。经两兄弟引荐,他结识了前不久刚创办金属期货银行的乔治·安德马特先生。

拉贡布多次对安德马特先生说项,银行家慨然应允在潜艇研制方案出笼之后,利用其影响争取海军部资助一系列试验工作。

将近两年时间内,路易·拉

红心七

贡布频频出入安德马特先生府上，将研制方案修改稿送交安德马特先生过目，嗣后有一日，他推导出了最后那个关键的公式，觉得整个方案已臻完善，遂请求安德马特先生设法启动试验工作。

此日路易·拉贡布在安德马特府上用晚餐，晚上十一点半离开府邸。此后他即失踪。

笔者查阅当年报纸，注意到拉贡布先生家族曾就此事提起诉讼。但结果事情不了了之，普遍的看法是路易·拉贡布向来性格内向且耽于幻想，故而很可能是出门旅行而未曾通知任何人。

此节姑且按下不说。但疑点接踵而来，且与国家利益休戚相关：潜艇研制方案下落如何？路易·拉贡布携带全部文件出走，还是将它们付之一炬？

对此笔者做了认真调查，结果表明此份研制方案至今犹在。唯其已落入瓦兰兄弟手中。他俩如何得手，目前尚无法确证。但有一点现已查明：路易·拉贡布的研制方案现已为某外国势力所持有，笔者手头即有瓦兰兄弟与该外国势力代理人的来往书信，需要时随时可予公布。目前，路易·拉贡布设想的红心七正在我们的邻国变成现实。

文章后面还有一个附记：

最新消息。通过有关渠道获悉，研制红心七之试验未获成功。其原因可能是瓦兰兄弟提交的方案并不完整，缺少拉贡布在失踪当晚带给安德马特先生的那份文件。此份关键文件对理解方案其余部分之计算与数据至关重要。

此份文件与方案其余文件相辅相成,缺一不可。

因而安德马特先生之态度与本案能否侦破关系密切。安德马特先生有义务就其行为做出解释,我们有权要求知道在艾蒂安·瓦兰自杀当天他为何没有说出实情,而且为何对文件失踪一事讳莫如深。他尚需说明为何雇用密探监视瓦兰兄弟达六年之久。

奉劝安德马特先生及早开口。否则勿谓言之不预。

红心七

恫吓的口吻是赤裸裸的。可那究竟是指什么而言？这位萨尔瓦托先生究竟有些什么高招来对付安德马特先生呢？

文章见报的当天，达斯普里在我家吃晚饭。饭后我俩正在谈论这桩案子的当口，只见房门猛地打开，仆人还没来得及通报，一个戴面纱的女人就闯了进来。

她见我起身迎上前去，就冲着我说："先生，是您住这儿吗？"

"是的，夫人，可我还没请教……"

"沿街的铁门并没上锁。"她这么解释说。

"那么前厅的门呢？"

她没答腔，我心想她一准是从仆人的小楼梯绕道过来的。这么说来，她对这座房子很熟悉？

一阵颇为尴尬的静默。她瞧瞧达斯普里。我不由得还是给她做了介绍，倒像这是在聚会上似的。随后我请她坐下，并问她来访有何贵干。

她撩起面纱，露出一张仪容端庄的脸。这张脸即便说不上是美貌绝伦，至少也可以说是妩媚动人，尤其是那双眼睛，尽管此刻眼神显得那么忧郁，但还是叫人心荡神驰。

她说："我是安德马特夫人。"

"安德马特夫人！"我下意识地重复了一遍，心里越来越诧异了。

又是一阵静默过后，她以一种安详的语气开口说道："我是为这桩……这桩案子来的。我想也许能从您这儿了解些情况……"

"可是，夫人，我就只了解报上的那点情况呀。您能不能告诉我，到底有什么事我可以为您效劳？"

"我不知道……我不知道……"

刹那间我凭一种直觉意识到，她刚才那种安详神态是故意装出来的，在这雍容大方的外表下面，有着一个骚动不安的心灵。我和她一时都有些发窘。

达斯普里一直在旁边瞧着我俩，这会儿走上前来对她说道："夫人，能允许我向您提几个问题吗？"

"哦！当然，"她大声说，"也许这样我还容易说些。"

"无论我提什么问题……您都愿意回答吗？"

"是的。"

"您认识路易·拉贡布？"

"是的，通过我丈夫认识的。"

"您最后一次见到他是什么时候？"

"他在我家用晚餐的那天晚上。"

"那天晚上您有没有想到过，可能就此再也见不着他了？"

"没有。他提到过要去俄国旅行，可只是随便说说而已。"

"这么说，您以为还会见到他？"

"他约定再过两天还要上我们家吃饭的。"

"那您对他的失踪做何解释？"

"我无法解释。"

"安德马特先生呢？"

"我不知道。"

"可是《法兰西回声报》的文章好像是说……"

"瓦兰兄弟是这桩失踪案的知情人。"

"您是不是同意这种看法?"

"是的。"

"您有什么根据吗?"

"路易·拉贡布和我们告别时,随身带着一只公文包,里面装着有关他的研制方案的全部文件。两天以后,瓦兰兄弟当中的一个,就是现在活着的那个,来找过我丈夫,说那些文件都在他们兄弟俩手里了。"

"您丈夫有没有去告发他们?"

"没有。"

"为什么?"

"因为那个公文包里除了路易·拉贡布的研制方案,还有别的东西。"

"什么东西?"

她欲言又止。达斯普里接着说:"您丈夫就是因为这个才没有报警,而只是雇人监视那两兄弟。他指望能同时拿到那份方案和这件——这件对他来说名誉攸关的东西,那两兄弟就靠这东西在向他进行勒索。"

"向他……也向我。"

"噢!也向您?"

"主要是向我。"她说这话时声音都喑哑了。

达斯普里望了望她,走上前几步,转过身来对着她问道:"您给路易·拉贡布写过信？"

"那当然……我丈夫跟他有业务联系……"

"除了您代丈夫写的公文信之外，您有没有给路易·拉贡布写过……其他的信？请原谅我执意要问清楚这一点，但我必须了解全部真相。您写过其他的信吗？"

她满脸涨得通红，低声地说："写过。"

"落在瓦兰兄弟手里的就是这些信？"

"是的。"

"安德马特先生知道这事吗？"

"他没见到过这些信，但是阿尔弗雷德·瓦兰对我丈夫提到有这么回事，还威胁说要是他不跟他们合作的话，就要公布这些信的内容。我丈夫害怕了……一想到要弄得满城风雨，他就让步了。"

"但他同时又在千方百计想要从他们手里夺回这些信。"

"是千方百计……至少我这么想，因为他那次在和阿尔弗雷德·瓦兰见过面以后，曾经对我说了一些措辞非常激烈的话，让我明白他和我之间已经没有什么情分和信任可言了。现在我们虽然还在一起生活，但就像两个陌路人一样。"

"既然如此，您并不会因此而失掉什么东西，您又有什么好害怕的呢？"

"尽管他现在对我这么冷漠，可是他毕竟爱过我，以后也许还会再爱我——哦！我相信他会的，"她充满激情地喃喃说道，"他还会再爱我的，只要他别看到这些该死的信……"

"这可就难说了……那两兄弟是不是总防着他？"

"是的，他们好像说过这些信藏在一个非常安全的秘密地点。"

"是吗？"

"可我相信我丈夫已经找到了这个藏信的地方！"

"在哪儿？"

"就在这儿。"

我打了个激灵。"就在这儿？"

"是的，我一直这么疑心来着。路易·拉贡布手很巧，就爱摆弄些机关装置，瓦兰兄弟准是利用了他安装的哪个秘密保险箱来藏那些信……"

"可是他们不住在这儿呀。"我大声说道。

"在您搬来以前，这幢小楼空关过四个月。所以很可能他们上这儿来过，而且认准了即使您住这儿，也不会妨碍他们在需要时上这儿来取东西。可是他们没把我丈夫给考虑进去，他在六月二十二日那个晚上撬开了保险箱，取走了……取走了他要找的东西，而且故意留下一张名片，让那兄弟俩明白风水转了，他用不着再怕他们了。两天以后，艾蒂安·瓦兰看到了《吉尔·布拉斯报》上的文章，赶紧上您这儿来，趁独自待在屋里的机会打开保险箱，他一看里面的东西全没了，就开枪自杀了。"

过了一小会儿，达斯普里问道："但这仅仅是假设，对吗？安德马特先生没有对您说过什么？"

"没有。"

"他对您的态度是不是有所改变？有没有显得更冷淡？"

"没有。"

"您想，要是他找到了那些信，情况怎么可能是这样呢？据我看，他还没有拿到那些信：那天晚上到这儿来的并不是他。"

"那会是谁呢？"

"是那个操纵着这桩案子向既定目标发展的神秘人物。那到底是个什么目标，我们现在还没法透过错综复杂的案情看得很真切。但是我们从一开始就能感觉到这个神秘人物的存在，就能感觉到他几乎是无所不在、无所不能。是他带了同伙在六月二十二日晚上到这儿来过，是他找到了那只秘密保险箱，是他留下了安德马特先生的那张名片。也是他，掌握着瓦兰兄弟通敌的证据。"

"他究竟是谁？"我忍不住插嘴问道。

"还能是谁？《法兰西回声报》的那个萨尔瓦托呗！事情不是明摆着吗？他在文章里写的那些细节，要不是对那两兄弟了如指掌，又怎么写得出来呢？"

"这么说，"安德马特夫人神情惊骇地喃喃说道，"我的那些信在他手里，要挟我丈夫的也是他！哦，这可怎么办呢？"

"写信给他，"达斯普里直截了当地回答说，"把一切都和盘托出，把您所知道的事情以及您能打听到的消息全都原原本本告诉他。"

"您在说什么！"

红心七

"您和他的利害关系是一致的。毫无疑问，他的目标是阿尔弗雷德，而不是您丈夫。您应该帮他一把。"

"怎么个帮法？"

"您丈夫手头是不是有一份实施研制方案的关键性文件？"

"是的。"

"把这一点告诉萨尔瓦托。必要时设法帮他搞到这份文件。总之，您可以先跟他建立通信联系，这您有什么好担心的呢？"

这个提议确实很大胆，乍听上去真有点匪夷所思，但是安德马特夫人已经别无选择。何况，正如达斯普里所说，她有什么好担心的呢？即便那个萨尔瓦托是个仇敌，这样做也未必会把局面弄得更糟。而如果他真是个另有所谋的外国人，那么他对这些信想必也不会有多大兴趣。

无论如何，这总不失为一个可行的主意，惊魂甫定的安德马特夫人很快就接受了这个提议。她真诚地向我俩道了谢，临走时答应一有消息就告诉我们。

果然，不出两天工夫她就把收到的回信寄来了：

> 这些信未曾在那儿找到。但请放心，在下自有办法会拿到手的。S.

我认出来，这张便笺上的笔迹跟六月二十二日晚夹在我书里那封信上的笔迹是一样的。

这么看来达斯普里没有说错,这桩案子的确是萨尔瓦托一手策划操纵的。

案情有了进展,有些线索渐渐变得清晰起来了。可是有些地方仍然像是云山雾罩,比如说,那两张红心七就叫人怎么也猜不透其中有什么名堂!这两张扑克牌在整个案件中究竟起什么作用?按拉贡布的方案研制的潜水艇居然以红心七命名,又究竟意味着什么?

达斯普里却似乎对这两张扑克牌不感兴趣,他的精力都扑在另一桩他认为更紧迫的事情上:他一门心思在寻找那个保险箱。他说:"萨尔瓦托没能找到……说不定碰巧我会找到。瓦兰兄弟既然知道这些信对他们是一大笔油水,又认定它们放在这儿万无一失,那就不见得会贸然把它们拿走啊。"

一连几天他都在宅子里仔细搜寻,里里外外全都跑遍了。有一天,他扛着一把十字镐和一把铁锹进来,把铁锹塞到我手里,指指宅子外面的荒地对我说:"咱们去那儿。"

我没好气地跟着他来到荒地上。他选准一块盖满荆棘和杂草的乱石堆开始挥动十字镐,我也用铁锹帮忙。在毒日头下忙乎了将近一小时,达斯普里的十字镐猛地撬出了一副死人骨架,上面的衣衫已经烂成碎片。我再定睛一看,泥地上还有块长方形小铁片,上面有好些红色的点子。我蹲下身去仔细一瞧,不禁吓得毛骨悚然:这铁片刚好是扑克牌大小,用红铅涂上的七个红点跟扑克牌的红心七一模一样,七枚红心的尖端都

红心七

赫然戳有小孔。

当晚我就开始发高烧,迷迷糊糊的老是梦见死人的骷髅围着我在跳舞,把它们的心朝我的头上扔过来。

达斯普里每天都来陪我。当然,顺便也还是要到那个大房间去转悠转悠。"那些信就在这儿,就在那个房间里,"他总是这么对我说,"我敢发誓。"

"让我安静一会儿吧。"我有气无力地回答说。

第三天早上,我起床了,虽然人还很虚弱,但已经退烧了。吃过一顿早餐以后，我觉得精神好多了。我拿过刚送到的一份蓝色小信封的快件，拆开念道：

阁下：

六月二十二日晚间开场的好戏，很快就要到尾声了。有鉴于此，在下决定让戏中两位主要角色今晚趋府当场对质，叨烦之处，尚祈见谅。届时则请吩咐仆人于九时至十一时间暂离尊府，阁下本人亦望屈尊回避为盼。在下对府上物件决无骚扰之意，这一点阁下于六月二十二日晚想必早已明察。事关机密，切勿泄露，至盼。

萨尔瓦托谨上

这封信有一种不失分寸的调侃意味，而且写信人仿佛认准我一定不会拒绝似的。对于他的这番美意，我总不能让他扫兴吧。于是我打发所有的仆人晚上都到剧院去看戏。八点钟光景，仆人们刚走不久，达斯普里来了。我给他看了这封信。

"您打算怎么着？"他问。

"嗯，我让仆人别把花园的铁门锁上，好让他们进来。"

"您自己得回避一下？"

"瞧您说的！"

"可是信上要您……"

"他要我别张扬出去，我会守口如瓶的。可我总得瞧瞧这到底是怎么出戏吧。"

达斯普里笑了起来。"说实话，我也跟您想到一块儿了。好，我也留下，想来我们也不至于妨碍人家的。"

这当口，门铃响了。

"已经来了？"他低声说，"早了二十分钟！不可能吧？"

我跑到门厅拉了拉铁门的开门绳。一个女人的身影穿过花园而来：是安德马特夫人。她神情慌乱，气喘吁吁地说："我丈夫……他来……有人约他来……把信交给他……"

"这您是怎么知道的？"我问她。

"我是碰巧知道的。吃晚饭时他收到一份邮件。"

"一份蓝色信封的快件？"

"一封电报。仆人没留意，把它递给我了。我丈夫很快就拿了过去，但我……已经看过了。"

"您看到的是……"

"大致上是这么一句话：'今晚九时请携有关文件去马约大街交换足下所需信函。'吃好晚饭以后，我只说要上楼回房休息，就出门来了。"

"没让安德马特先生知道？"

"是的。"

达斯普里瞧了我一眼。"您怎么想？"

"跟您想的一样：安德马特先生准是受邀前来的一方。"

有人进屋来了。来人长得酷似艾蒂安·瓦兰，我马上认出了他就是阿尔弗雷德·瓦兰。他走起路来同样脚步有些拖，同样的胡子，同样发灰的脸色。

他神色不安地走进屋子，仿佛习惯性地害怕周围有陷阱等着他，非常警觉，生怕中圈套。他的目光急切地在房间里扫了一圈，我觉着他好像对遮住壁炉的这道帷幔挺不放心似的。他朝我们走来，但仿佛突然想到一个别的念头，转身走到墙壁跟前，对着墙上那个手握闪光宝剑的白胡子皇帝望了好一会儿，然后拉过一把椅子站上去，用手指沿着画中人肩部和脸部的轮廓摩挲，有时又用手轻轻拍打几下。

蓦然间他跳下椅子离开墙。随着一阵脚步声的临近，安德马特先生的身影出现在门口。

银行家失声惊呼道："是您！是您叫我来的？"

"我？哪儿的话，"瓦兰声音嘶哑地回答说，这嗓音让我想起了他的弟弟，"是您写信让我来的嘛。"

"我写信？"

"信上有您的签名，您提出要给我……"

"我根本没给您写过信。"

"您没给我写过信？"

瓦兰直觉地意识到危险不是来自银行家，而是来自布下这个陷阱的那个不知其名的敌人。他的目光又一次转向我们这边，但他随即快步向房门走去。

"您想干什么，瓦兰？"

"这儿的格局让我觉得不是味儿。我走了。再见。"

"且慢！"

"得了，安德马特先生，您不用再缠住我了，咱们没什么好说的。"

"咱们有许多事情可以谈谈，机会难得啊……"

"让我走。"

"不，不行，您不能走。"

瓦兰不由得向后退了一步，银行家这般决绝的态度把他给镇住了，他咕哝着说："那也行，有话快说，早说早了！"

有件事让我很吃惊，我想我那两位同伴一定也跟我一样感到失望。萨尔瓦托怎么会不到场呢？难道他认为光让安德马特和瓦兰当面对质就够了吗？我简直给弄糊涂了。

安德马特走近瓦兰，逼视着对方的眼睛说道："这么些年过去了，您已经没什么好怕的了，所以您得老老实实回答我的问题，瓦兰。您到底把拉贡布怎么啦？"

"瞧您问的！我怎么知道他怎么样了！"

"您应该知道！您不会不知道！你们兄弟俩整天跟在他后面，差不多就跟他住在一起，就在现在这幢房子里。最后那天晚上，我把拉贡布送到门口的时候，瞥见有两个人影闪过。我敢发誓，那是你们兄弟俩。"

"拿出证据来。"

"最有力的证据就是两天以后你们拿着拉贡布的公文包里的研制方案来给我看，要我买下它。这份方案怎么会到你们手里的？"

"我不是对您说过了吗，安德马特先生，那是拉贡布失踪第二天的早上，我们在他的桌子上找到的。"

"这不是真话。"

"您凭什么这么说？"

"法庭会告诉你凭什么。"

"那您干吗不去告我？"

"干吗？嘿！干吗……"他顿住不说，脸色变得沮丧起来。

瓦兰却发话说："您瞧您，安德马特先生，要是您手里有半点真凭实据的话，我们对您的那点小小恫吓也不至于会……"

"什么恫吓？那些信吗？您难道以为我真会把它们当回事？……"

"要是您不把它们当回事，那您为什么要提出用多少多少钱把它们赎回去？又为什么要雇人盯我们的梢呢？"

红心七

"为了夺回那份珍贵的方案。"

"得了吧！是为了那些信。您只要把信拿到手，就会去告发我们的。我决不会把它们脱手！"

他纵声哈哈大笑，但倏地一下子又打住了。"够了够了。老是这几句话翻来覆去的，有什么意思呢。结果还不是老样子。"

"并不是老样子，"银行家说，"既然您说到了那些信，那么在您把它们还给我之前，您休想出这个门。"

"我就得走。"

"不行，就是不行。"

"您听着，安德马特先生，我劝您……"

"您休想出去。"

"咱们走着瞧吧。"瓦兰怒不可遏地吼道。看到他这副凶神恶煞般的模样，安德马特夫人不由得轻轻地喊出声来。

他想必是听到了这喊声，因为他拔腿就想夺门而出。安德马特先生猛地把他推了回去。这时我瞥见他把手伸进了上衣的口袋。

"我最后一次警告您！"

"先把信交出来再说。"

瓦兰掏出手枪对准安德马特先生："让我走还是不让我走？"

银行家突然低下身子。

一声枪响。瓦兰的手枪落在地上。

我简直惊呆了。这一枪是从我身边射出去的！是达斯普里开的枪，

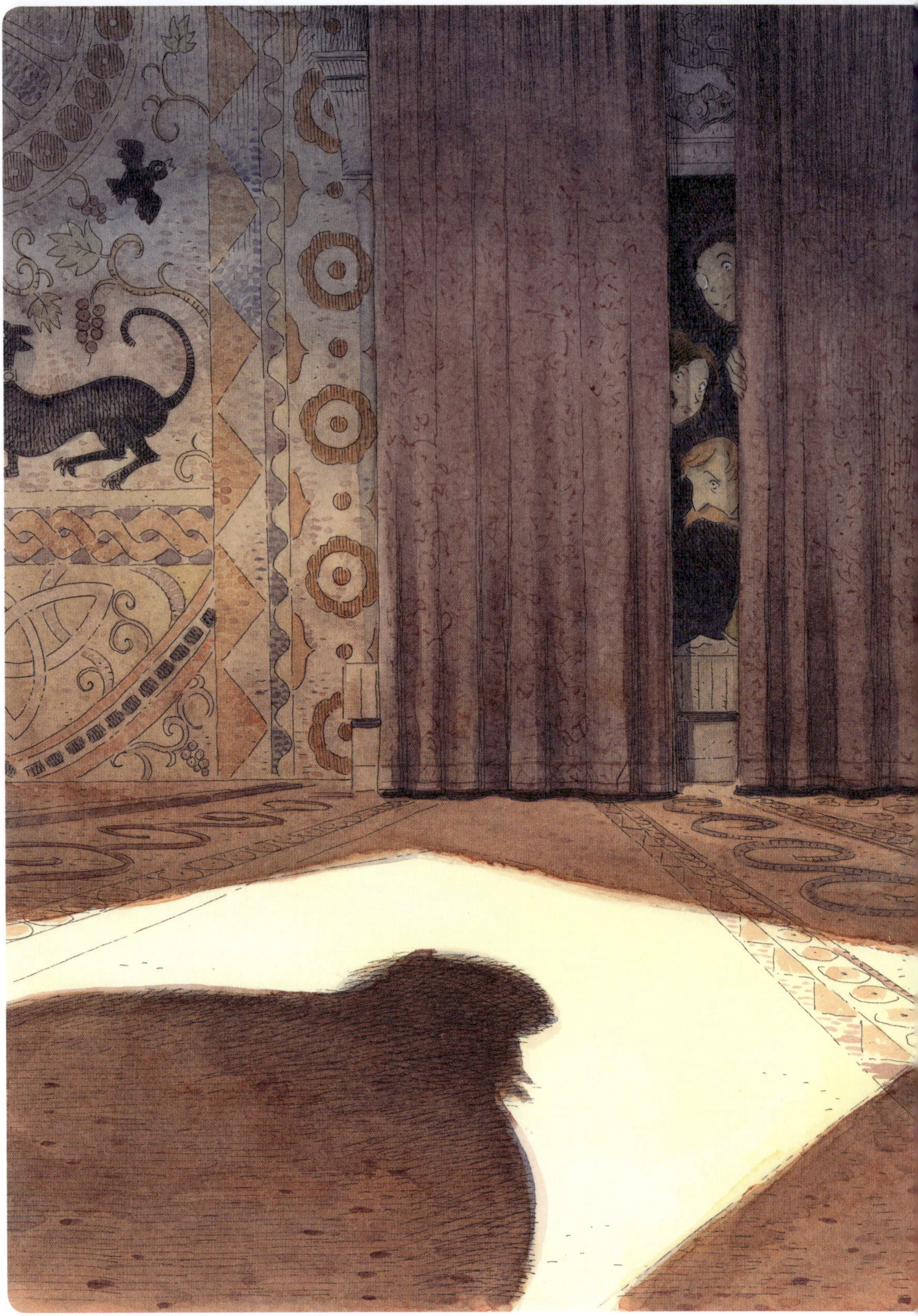

红心七

他一枪就打掉了阿尔弗雷德·瓦兰手里的枪!

转眼间他已经纵身拦在两个对手中间,对着瓦兰冷笑道:"算您运气好,伙计。我瞄的是您的手,打中的却是您的枪。"

那两人都呆若木鸡地望着他。他朝着银行家说道:"先生,请原谅我这么多管闲事。不过您玩得实在太糟糕了,请让我接过这副牌来玩玩吧。"说完又转身对着瓦兰说:"咱俩来吧,伙计。王牌是红心,我出这张七。"说着,他举起那块有七枚红心的铁片伸在瓦兰面前。

那家伙顿时大惊失色,脸色灰白,两眼发直,仿佛让面前这东西给施了定身法似的呆立在那儿。

"您是什么人?"他结结巴巴地问道。

"我刚才说过了,我是个喜欢多管闲事的人……我这人还有个脾气,要管就管到底。"

"您想要什么?"

"要你带在身边的东西。"

"我什么也没带。"

"不对,要不然你就不会来了。今天早上你收到一封信,要你晚上九点钟到这儿来,而且关照你带好全部文件。这不,你来了。文件在哪儿?"

达斯普里的声音和神态都显得那么威严,我这位平时看上去懒懒散散,显得挺悠闲的朋友,这会儿像是换了一个人。瓦兰完全给制服了,他指指一个衣袋。"文件在这里面。"

"是全部文件？"

"是的。"

"是副本还是原件？"

"原件。"

"你开什么价？"

"十万。"

达斯普里放声大笑。"你疯了。那个少校只给了你两万，那两万他也是白花了，因为试验没成功。"

"他们没看懂方案。"

"这方案是不完整的。"

"那您干吗要问我拿呢？"

"我自有用场。付你五千法郎，多一个子儿也不行。"

"一万。少一个子儿也不行。"

"一言为定。"

达斯普里回到安德马特先生跟前。"请您签张支票好吗，先生？"

"可是……我怎么没有……"

"支票本吗？在这儿哩。"

安德马特先生目瞪口呆地接过达斯普里递给他的支票本。"真是我的……这是怎么回事？"

"先生，咱俩废话少说，您还是签字吧。"

银行家掏出自来水笔签了字。瓦兰伸出手去。

红心七

"别忙,事情还没完呢。"达斯普里说着又转身朝向安德马特先生:"您是要拿回那些信吧?"

"对,那沓信。"

"信在哪儿,瓦兰?"

"不在我这儿。"

"信在哪儿,瓦兰?"

"我不知道。那是我弟弟保存的。"

"信就藏在这儿,在这个房间里。把那个秘密保险箱打开!"达斯普里说着把铁片递过去。

瓦兰惊恐地往后退:"不……不……我不要……"

"你这是怎么啦……"达斯普里说完,径自走到墙上的那个白胡子皇帝跟前,踏上一张椅子,把红心七铁片覆在宝剑根部齐护手的位置,让铁片的边缘正好遮住宝剑的刃口。然后用一个锥子逐一凿过七枚红心尖端的洞孔,把墙面上的七块很小的石板分别压下去。最后一块小石板一按下去,有个机关就动了起来,皇帝的整个胸部转了过来,露出一个宽宽的缺口,样子就像个保险箱,四周都覆着铁皮。

"你看清楚了吧,瓦兰,保险箱是空的。"

"那……那准是我兄弟把信拿走了。"

达斯普里回转身来走到他跟前:"别再跟我耍花招了,另外还有个保险箱。在哪儿?"

"没有了。"

"你是要钱？要多少？"

"一万。"

"安德马特先生，这些信对您值一万法郎吧？"

"是的。"银行家说。

瓦兰关上保险箱，稍稍迟疑了一下，然后拿起红心七铁片，把它覆在壁画宝剑上，跟刚才达斯普里摆的位置一模一样。然后他逐一凿过七枚红心尖端的洞孔。这时墙面上又露出一个缺口，但出人意料的是，这一回只有保险箱的一个部分转出来，露出一个较小的保险箱，它的深度刚好是较大的那个保险箱的门的厚度。

那包信就在里面。瓦兰将它交给达斯普里。达斯普里问道："支票准备好了，安德马特先生？"

"是的。"

"您手边还有一份拉贡布的文件，加上这份文件以后潜水艇研制方案就完整了，是吗？"

"是的。"

双方进行了交换。达斯普里接过这份文件和支票，把那包信交给了安德马特先生。"这就是您想要的东西，先生。"

银行家稍稍犹豫了一下，这些他费尽心思在寻觅的该死的信，此刻他仿佛害怕去碰到它们似的。随后，他神经质地伸手一把夺了过去。

这时我只听得身边响起嘤嘤的呻吟声。我赶紧捏住安德马特夫人的手：这只手冰凉冰凉的。

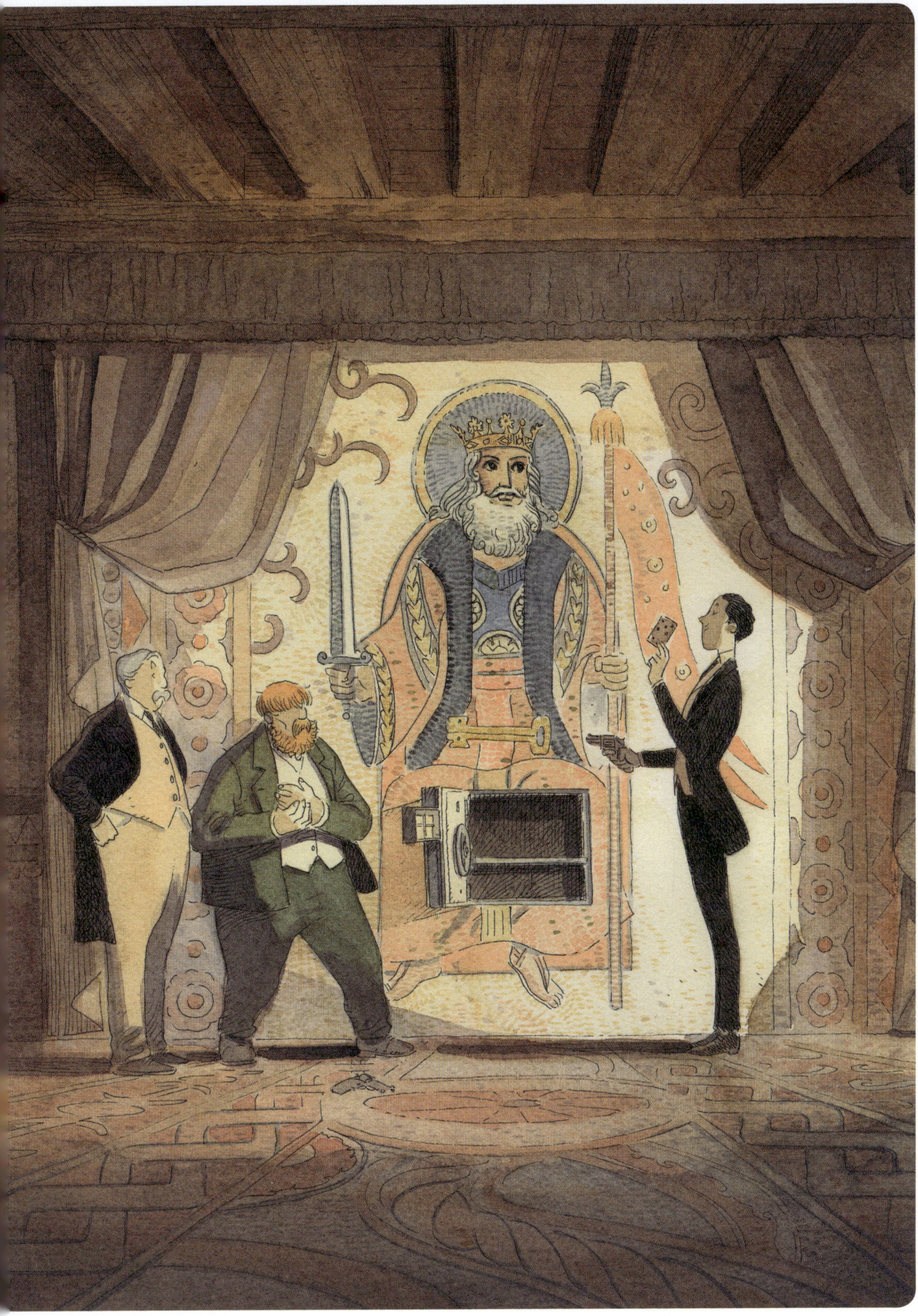

那边达斯普里在对银行家说:"先生,我想我们的谈话已经结束了。噢!不用谢。这是事有凑巧,我刚好能帮您这么个忙。"

安德马特先生走了。他带走了妻子写给拉贡布的信。

"好极了,"达斯普里神情欢快地大声说,"事情解决得挺顺当。就剩下咱俩的那笔账了,伙计。你的那份方案呢?"

"全都在这儿了。"

达斯普里翻开几页,仔细地看了一会儿,然后把它们塞进衣袋里。"很好,你说话算数。"

"可是……"

"可是什么?"

"那两张支票?……那笔钱?……"

"噢,亏你说得出口,伙计。怎么,你还敢要钱!"

"我要的是该归我的东西。"

"你偷了东西,敢情别人还欠你哪?"

瓦兰气得浑身发抖,眼睛里布满血丝。"我的钱……两万……"他断断续续地说道。

"没门儿……我还得派别的用场呢。"

"我的钱!……"

"行了,头脑别发昏,把匕首放下。"说着他骤然间抓住对方的手臂,瓦兰痛得吼了起来。这时达斯普里又说道:"走吧,伙计,去吸点新鲜空气对你有好处。要我陪你出去吗?咱们打那块荒地走怎么样,我可以指给你看一堆乱石子，在那下面……"

"这不是真的！这不是真的！"

"不，这是真的。这块红心七的小铁片，还是从那儿拿来的哩。这可是拉贡布从来不离身的玩意儿，您总该还记得吧？你们兄弟俩把它跟死人埋一块儿了……旁边还有好些东西，想必警方是会感兴趣的。"

瓦兰发疯似的捏紧拳头掩在脸上。过后他说道："好吧。我认栽了。这些就别提了。可是有件事……只有一件事，我想要知道……"

"说吧。"

"在那个大的保险箱里原先是藏着东西的，是吗？"

"对。"

"您在六月二十二日晚上到这儿来的那会儿，东西还在里面？"

"对。"

"那是些什么东西？……"

"就是你们兄弟俩藏在里面的东西呗，满满的一箱首饰、珠宝和钻石，就是你们俩你抢我夺的宝贝喽。"

"结果您拿去了？"

"可不是！换了你又会怎么样呢？"

"这么说……我兄弟是因为发现东西不见了才自杀的？"

"有这可能。光是你们跟冯·利本的通信不见了，也许还不至于让他寻死。不过那批宝贝也不见了……你要问的就是这件事吗？"

"还有一件：您的名字？"

"你说这话的口气，像是想报仇啊。"

"你就等着瞧吧！今儿个我栽了，赶明儿……"

"就是我喽。"

"我也这么想来着。您的名字？"

"亚森·罗平。"

"亚森·罗平！"瓦兰脚下一个踉跄，像是当头挨了一棒似的惊呆在那儿。达斯普里笑了起来，"你以为阿狗阿猫都能干得这么漂亮吗？得了吧，至少也得是亚森·罗平才行呀。现在你既然已经知道我名字了，伙计，你就去准备报这仇吧。亚森·罗平等着你哪。"

说着他拎起瓦兰把他往门外一推。

"达斯普里，达斯普里！"我喊道，尽管我知道他是谁了，但不由自主地还是喊了原先我熟悉的那个名字。

我一把撩起了丝绒的帷幔。

他跑了过来，"怎么啦？出什么事了？"

"安德马特夫人晕过去了。"

他急忙扶住她，把嗅盐瓶凑到她鼻子跟前，一边照料她一边问我："到底是怎么回事？"

"就为那些信，"我对他说，"……您交给她丈夫的那些信呗！"

他拍了一下前额，"她以为我真那么做了……可也是，也难怪她这么想。我真是个傻瓜！"

安德马特夫人苏醒了过来，在急切地听着他说。他从钱袋里取出一小包东西，看上去就跟他刚才交给安德马特先生的那包信一模一样。

"这才是您的信，夫人，都是原信。"

"可是……那些信呢？"

"那些信看上去跟这些很相像，但都是我昨天晚上重写的。您丈夫不可能看出来那些信是调了包的，因为这一切都是他亲眼看见的……"

"那笔迹……"

"任何笔迹都是可以模仿的。"

她向着达斯普里千谢万谢，我看得出瓦兰和亚森·罗平刚才最后说的那几句话，她压根儿就没听到。

可我瞧着这位老朋友不觉有些尴尬，不知道对他说什么才好。亚森·罗平！经常跟我一起出入社交圈子的老朋友居然就是亚森·罗平！真是太神了。这时他却很从容地说了句："您可以向让·达斯普里说声永别了。"

"啊！"

"没错，让·达斯普里出门旅行去了。我把他送到摩洛哥去了。很有可能他会在那儿有个很好的归宿。我想说其实这正是此行的原意。"

"那亚森·罗平就留在这儿啦？"

"噢！亚森·罗平的生涯才刚开始呢，他还得……"

一阵冲动之下，我走上前去把他拉到边上，跟安德马特夫人隔开一段距离："六月二十二日那个晚上是您来过这儿吧？"

"对，那晚跟您分手以后，我又来了这儿。根据我的情报，我知道这儿有个秘密保险箱，上面用的是暗锁，钥匙是红心七扑克牌。所以只要找到一个地方，让红心七扑克牌放上去正合适就行了。我仔细观察了一个小时，结果就找到了。"

"一个小时！"

"观察壁画上的那老头儿。"

"那个老皇帝？"

"那老皇帝完全是照扑克牌上的红心老K的模样画的。"

"这没错……可是为什么同一片红心七，一会儿开的是大保险箱，一会儿开的又是小保险箱呢？"

"只要把红心七倒过来，让红心的尖端朝上放，打开的就是小保险箱了。"

"还有一件事：直到安德马特夫人来这儿以前，您并不知道那沓信的茬儿……"

"对，一开头我没能打开小保险箱，而在大保险箱里，除了珠宝首饰以外，我只找到了足以证明两兄弟叛国投敌的那批书信。"

"总而言之，您先是碰巧摸到了那两兄弟的底儿，然后才去找潜艇研制方案的？"

"是这样。"

"可您这么做的目的是什么？……"

达斯普里笑着打断我说："嗬！看来对这事儿您还颇有兴趣！"

"岂止是颇有兴趣。"

红心七

"那好，待会儿等我送走安德马特夫人，再让人给《法兰西回声报》捎张便条以后，我再跟您细谈吧。"

说完他就坐下来写了这么一张便条：

萨尔瓦托最近提出的问题，已由亚森·罗平圆满解决。他已将手中掌握的路易·拉贡布工程师的设计方案着人送交海军部。借此机会他为赞助我国研制第一艘潜艇发起募捐活动，并率先认捐两万法郎。

"就是安德马特先生那张两万法郎的支票？"我看完便条后冲着他问道。

"一点不错。就算是让瓦兰赎补一点他的罪愆吧。"

我就这样认识了亚森·罗平，就这样知道了我的老朋友让·达斯普里就是侠盗罗平。

7

安贝尔夫人的保险箱

午夜过后,贝尔蒂埃林荫道的一座宅邸前面还停着五六辆马车。

凌晨三点宅门开启,男女宾客络绎出来各自回家。一位先生安步当车,沿着旧城墙遗址一路往前走。冬夜特别宁静,清新的空气中透着寒意,这种时候漫步在巴黎空旷的街头确实是挺惬意的。

但走着走着,他觉得有点不对劲,好像有人在跟着他。回头一看,果然瞥见有个人影躲闪到一棵大树背后。他不是胆小鬼,可还是不由得加快了脚步。后面那人却仍然紧跟不舍。他意识到情况不妙,猛地转过身去冲着那人伸手拔枪。

没等他拔出防身的小手枪,那人已经扑了上来。交手才几个回合,他就明显处于劣势,于是大声呼救。那人见状,使劲将他摔倒在地,紧紧卡住他的脖子。他眼前一阵发黑,耳朵嗡嗡作响,眼看就要昏死过去。

正在这时，卡住他脖子的手骤然松开，原来骑在他身上的歹徒遇到出其不意的袭击，一时顾不上他了。这回歹徒可占了下风，先是手腕挨了一手杖，接着脚踝又给狠狠踢了一下。不一会儿，歹徒落荒而逃。

那位见义勇为的先生无心去追，俯下身子对受害人说："先生，您伤着了没有？"

这位先生没有伤着，只是头晕得厉害，一时站不起来。幸好不远处就是入市税征收处，里面的一个职员刚才听到喊声跑了过来，他帮着拦到了一辆马车。这位先生被扶上车，由赶走歹徒的先生护送，回到了他在武库大街的府邸。

下车时，他神志已完全恢复。他对护送的先生说："您救了我的命，您的大恩大德我永远不会忘记。这会儿我不想去惊吓我太太，但明天无论如何请您赏光来吃午饭，好让我太太有机会当面向您表示谢忱。"他报了自己的名字：吕多维克·安贝尔，然后说道："能请教阁下……"

"当然，我叫亚森·罗平。"

那时亚森·罗平还刚出道不久。后来他盗运卡奥恩古堡名画得手，神乎其神地从高等监狱越狱，又干下好几桩名闻遐迩的案子，这才名声大振，成了带有传奇色彩的侠盗。至于吕多维克·安贝尔，当时倒是个小小的新闻人物，他的夫人从去世不久的富翁布劳福德先生那儿继承到一笔巨额遗产，是日前报上的一则花边新闻。

第二天，亚森·罗平衣冠楚楚地来到武库大街的府邸。安贝尔先生

安贝尔夫人的保险箱

亲自出迎，并将他介绍给安贝尔夫人。矮矮胖胖的安贝尔夫人口口声声称他救命恩人，对他殷勤有加。她在饭桌上也谈锋甚健，待等餐后甜食上桌，她和亚森·罗平已经像多年深交的老朋友一样，几乎无话不谈。她谈到自己的少女时代，谈到她和安贝尔先生的婚恋，谈到好心的布劳福德先生，谈到她继承的一亿法郎遗产，也谈到她面临的窘境——因为布劳福德先生有个侄子一直跟她纠缠不清，就遗产继承权问题对她提起了诉讼，所以目前这笔遗产已被冻结，所有证券一律止付！

"您想想看，罗平先生，这一大摞证券票据就在隔壁，就在我丈夫书房的保险箱里，可我们连碰也不能碰，这叫什么话呀！"

接下来，安贝尔先生很得体地问起罗平先生的情况。亚森·罗平坦言相告自己谋职一时尚无着落。于是安贝尔夫妇当场敦聘这位年轻人当他们家的私人秘书，讲定月薪为一百五十法郎。他不用搬来住，但每天过府上班，为方便起见，还让他在三楼随意挑个房间当办公室。

他挑的房间正好在安贝尔先生书房的顶上。

亚森·罗平不久就发现他的这份工作是个闲差使。两个月里他只起草过四封无关紧要的信件，被东家传唤过一次（因此也只有一次能堂而皇之地打量那只保险箱）。另外，他还注意到自己这个闲职的秘书似乎是上不得台面，不配结识昂盖蒂众议员或格鲁韦尔首席律师的，因为东家从来不带他去参加社交性的招待会。

但他并没感到沮丧，相反倒觉得这样不起眼也挺好，不跟人接触，

反而更自由。再说，他也没闲着。他多次暗地里溜进安贝尔先生的书房，细细端详那只其貌不扬的保险箱，要对付这么个笨头笨脑的铁家伙，看来锉刀、螺旋钻和撬棒都不管用。

亚森·罗平可不是死脑筋。"不能力克，那就智取呗，"他对自己说，"最要紧的是得耳聪目明。"

他在自己的房间里勘察一番，有了主意。他安了一根铅管通到安贝尔先生书房的天花板，隐蔽在两根突出的线脚中间。这根铅管就是他的传声筒和望远镜，要耳聪目明就靠它了。

打这以后，他一天中有一大半时间趴在地板上。他能瞧见安贝尔夫

安贝尔夫人的保险箱

妇在保险箱跟前查阅财产清册,甚至能瞧见他们接连转动四个旋钮然后打开保险箱,遇上这种机会,他总是目不转睛地注视他们的手势,留意每次转动的档数。

有一天,他瞧见这夫妇俩没把保险箱锁好就出了书房,当机立断赶下楼去想闯进书房。正在这时,两人回来了。

"噢!对不起,我走错门了。"罗平边道歉边往外走。

可是安贝尔夫人拉住他:"请进,罗平先生,请进来呀,这儿不就是您自己的家吗?我们正有事想请教您呢。这当口卖掉哪种证券好些?对外证券还是公债?"

"不是冻结了吗?"罗平吃惊地问道。

"哦!并不是全部证券都冻结。"

她拉开保险箱的门。亚森·罗平瞥见里面放着一沓沓有价证券,每沓都缚着一道阔阔的绸带。她拿起其中一沓。但她丈夫马上表示异议:"不,热尔薇兹,抛掉对外证券可实在有点傻了。它还会看涨哩……眼下还是公债价位高些。您看呢,老弟?"

这位老弟没有什么看法,不过他还是建议脱手公债。于是安贝

尔夫人拿起另一沓证券，安贝尔接过装进衣袋。下午，安贝尔先生请秘书先生陪他一起去找证券经纪人，抛掉这沓公债到手四万六千法郎。

虽然安贝尔夫人说这儿就是他的家，亚森·罗平可找不到这感觉。不知怎么，他总觉得他在安贝尔先生府上的处境挺微妙的。仆人根本不知道他叫什么名字，这种情况已经不止一次出现。他们光称呼他"先生"。就连安贝尔先生也对他们这样说："去通知先生……""先生来不来？"为什么要弄得这么神秘兮兮呢？

而且，安贝尔夫妇当初的热情也不复可见了，现在他俩几乎不跟他说什么话。府里上上下下好像都认定了他是个怪人，不喜欢别人去打扰他，所以大家这么对他敬而远之倒像是在照顾他乖戾的怪脾气似的。有一次他走进前厅，听见安贝尔夫人在对两位男客说："他生性孤僻，不爱交际。"

他心想就任凭他们去说吧，反正他也懒得去琢磨这些蹊跷的行径，宁可集中心思考虑实施计划的步骤。有一点他已经认准，就是不能把希望寄托在侥幸上，不能指望整天钥匙不离身的安贝尔夫人会昏了头把钥匙落下。他得靠自己，得付诸行动。

这时正好有几份报纸刊载了抨击安贝尔夫妇的文章，有的文章甚至指控他俩是在诈骗。安贝尔夫妇看了报纸以后情绪挺激动，显得很不安。亚森·罗平看在眼里，决定加快行动。一连五天工夫，他在六点下班以后把自己锁在房间里，让人家以为他回家了，而他却趴在地板上瞧着安贝尔先生书房里的动静。晚上才摸黑从通院子的小门悄悄出去，他有这扇小门的钥匙。

第六天他听到一个消息,说是安贝尔夫妇为了回敬那些含沙射影的恶毒攻击,已建议有关方面当场打开保险箱进行盘点。"得,"亚森心想,"今晚他俩肯定得忙乎一阵。"

果然,晚饭过后安贝尔先生就待在书房里,过一会儿安贝尔夫人也来了。两人开始查阅保险箱的财产清册。

一小时过去了,又是一小时过去了。他听得出仆人们先后都已就寝。现在二楼再没旁人了。午夜过后,安贝尔夫妇仍在工作。

"该看我的了。"罗平低声自语。他推开窗子,下面就是院子。屋外没有月光,黑黢黢的。他从柜子里取出一根绳索,把一头缚在阳台栏杆上,然后爬过栏杆沿着绳索缓缓往下滑,一直滑到楼下书房外的阳台上。书房里悬着厚实的立绒窗帘,从外面看不见里面的情况。他在阳台上伫立片刻,侧耳倾听周围的动静。然后,他轻轻地去推书房的窗。这扇窗他在下午已经拔起了插销,要是没人再去碰过,这会儿应该是推得开的。

窗扇果然推得开。他小心翼翼地推开一条缝,然后又再推开一些,让脑袋能探进去。他在两幅窗帘中间拨开一条缝隙,瞥见安贝尔夫妇坐在保险箱旁边。

他俩都在专心工作,只是偶尔低声交谈几句。亚森目测一下距离,心里盘算好了一套迅速制服两人、不让他们出声呼救的行动方案。正待动手,突然听见安贝尔夫人说道:"屋里怎么有点冷起来了!我要去睡啦。你呢?"

"我查完再睡。"

"查完！那不得熬个通宵啦？"

"没事，再有一个钟头就差不多了。"

她起身出了书房。二十分钟、三十分钟过去了。亚森把窗再开大些。安贝尔先生大概觉得有风，转过脸来，瞧见窗帘给吹得鼓鼓的，就立起身走过来想关窗……

亚森蓦地出手，干净利落地击晕了安贝尔先生，随即用窗帘裹住他的脑袋，把他全身捆绑起来。安贝尔先生根本没来得及看清袭击者的脸。然后，亚森·罗平奔到保险箱跟前，抓起几大沓证券，走出书房下楼，穿过院子打开边门。外面街上停着一辆马车——顺便说一下，这个车夫也是我们的熟人，当初的那出双簧戏里，亚森·罗平就是从他手里把安贝尔先生救出来的。

亚森把东西交给这个同伙，返回书房又捧出几大沓。两个来回，保险箱就空了。马车驶去后，亚森回到自己在三楼的房间，收好绳子，拭去攀缘的痕迹。这就大功告成了。

几小时后，亚森·罗平和那个同伙拆开一沓沓证券，清点了一遍。不出他所料，号称一亿是大有虚头的。不过，证券和债务的名头倒都是响当当的：铁路债券、巴黎市府、国家基金、北部矿业，等等，等等。他笑吟吟地对同伙说："当然，这么些证券、债务要转让还得费点周折。冻结止付是个难关，要脱手就非得割肉不可。"

第二天，亚森心想自己还得照样去安贝尔府上，但一看报纸，不由

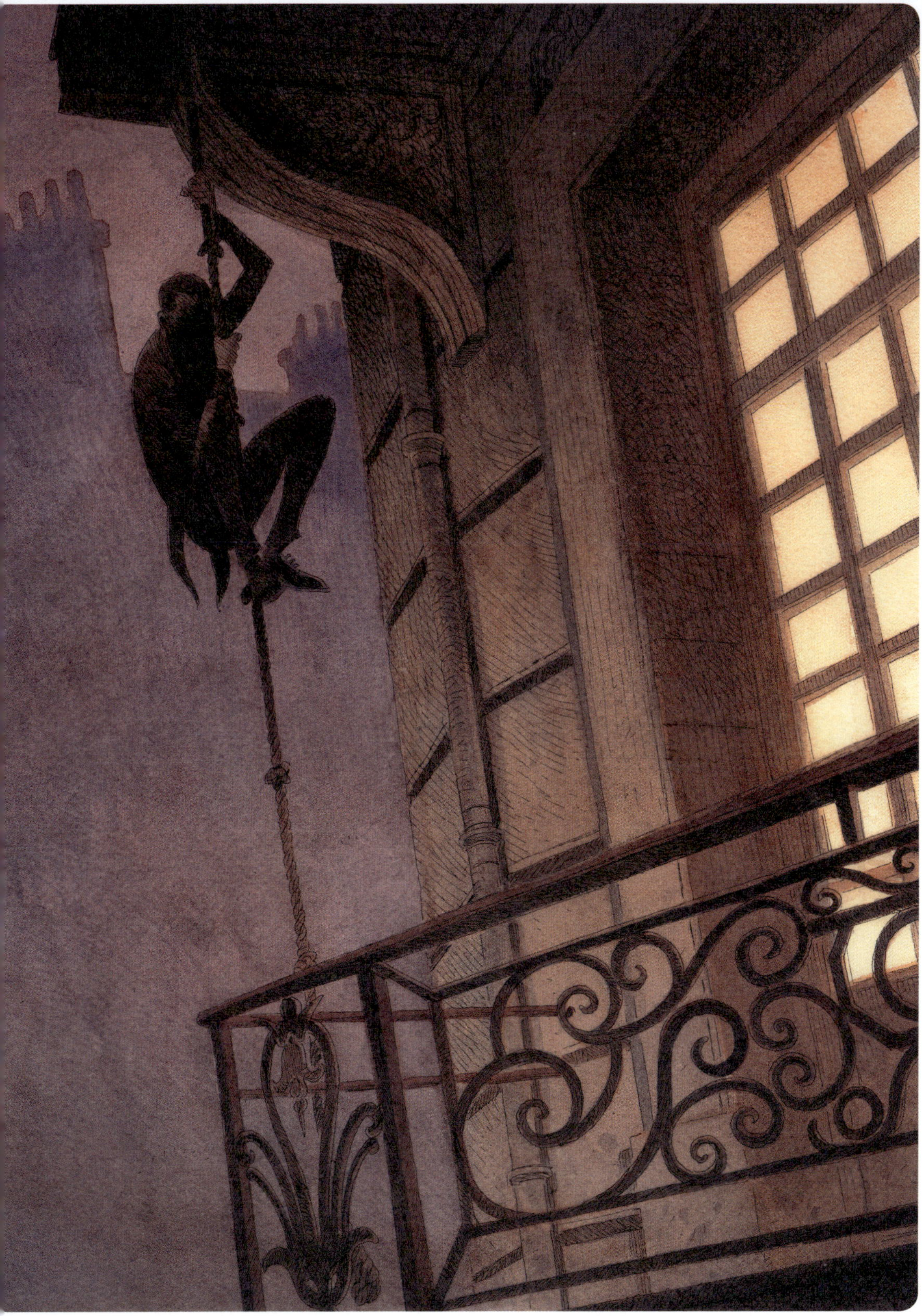

得大吃一惊，报上赫然登了这么一则消息：安贝尔夫妇失踪。

后来在检察人员到场的情况下，郑重其事地打开了那只保险箱。不用说，里面当然空空如也。

上面这桩安贝尔夫人保险箱案的始末，是亚森·罗平亲口对我说的。他那天心情挺不错，一边在我家的书房里来回踱着步，一边给我讲了这个案子。

"可我觉得这里面有些事情挺蹊跷，"我津津有味地听完以后，沉吟着说，"安贝尔夫妇干吗要逃走呢？他们只要说一句'那一亿法郎确确实实就在这个保险箱里，现在不见是因为有人偷走了'，不也就没什么事了吗？"

"也许他们是慌了手脚，"亚森说着，瞟了我一眼，"其实……"

"其实什么？"

"没什么。"

他这么欲言又止是什么意思？其中必有文章。想必是牵涉到一桩事关重大的秘密，要不，以他的性格是不会这么婆婆妈妈的。

我随口问了一句："您后来再没见过他们吗？"

"再没见过。"

"有时候您会不会对这两个可怜虫有种近乎怜悯的感觉呢？"

"我！要我去怜悯他们！"他好像要跳起来似的。

这么强烈的反应使我吃了一惊。莫非我打中要害了？我一不做二不休，干脆接着往下说："他们当时说不定处境很危险……至少出走时囊中很羞涩吧？"

"您的意思是说我应该感到歉疚，是不是？"

"没错！"

他在书桌上猛击一掌，"我倒要请问，我该对谁感到歉疚啊？"

"对那两个被您偷走巨额家产的人呗。"

"哪儿有什么巨额家产哟？老兄，您到这会儿还不明白那些证券都是假的吗？"

"那些证券都是假的！"我目瞪口呆地望着他说。

"假的，"他激愤地嚷道，"全是假的，全是些废纸！我连一个子儿也没到手！他们把我当傻瓜给耍了，您居然还觉得我应该感到歉疚！您想得到我在这出戏里扮演的是什么角色吗？是安德烈·布劳福德，那个子虚乌有的老布劳福德的侄子。他们造成一种假象，让大家相信我是布劳福德先生的侄子，是个孤僻阴郁的怪人。这样一来，布劳福德的存在就没人怀疑，银行就肯贷款给他们，公证处也会劝客户大胆放款给他们！"

说到这里他突然打住话头，脸上浮出自嘲的笑容，望着我缓缓地说："不瞒您说，安贝尔夫人还欠我五千法郎没还哩！当初讲定的薪水，我一个子儿也没拿到，她反倒向我借了五千法郎，说是要接济穷人做善事，不想让安贝尔先生知道！"

8

黑珍珠

一阵急促的铃声,把奥施大街九号的看门人给惊醒了。她一边拉绳开门,一边嘴里嘀咕着:"我还以为都回来了呢。这会儿少说也该有三点了吧!"

她丈夫嘟嘟囔囔地说:"大概是来找大夫的。"

果然,有个声音问道:"劳驾……阿雷尔大夫住几楼?"

"四楼往左。可大夫夜里是不出诊的。"

"病情很急,非找他不可。"说完,这位先生一头钻进门厅,直奔楼上而去,但他在四楼根本连停也没停,径自到了六楼。他来到一扇门前,从袋里掏出两把钥匙,用其中的一把打开锁,另一把拨开保险插销。

"棒极了,"他低声自语,"事情顺当得很。不过且慢,动手之前先得把退路想好。哎……到大夫门口按铃,说话,然后退出来,光这么一

黑珍珠

会儿工夫怕是不够吧？得，耐心点……"

又过了十来分钟，他下楼来了。他一边敲门房的小窗子，一边低声抱怨大夫不仗义。看门人给他开了门，他一出门就随手把门"砰"的一声关上。不过，门并没真的合上，这人趁关门的当口，动作利索地在锁横头插进一块铁片，这样一来，锁舌就伸不出来了。

随后，他又神不知鬼不觉地摸进门来，悄没声儿地从门房跟前溜了进去，熟门熟路地上到六楼。进得门来，他在前厅里借着电筒的亮光把风衣和帽子搁在一张椅子上，自己坐在另一张椅子上，把一双挺厚实的软底鞋套在靴子外面。

然后，他打开一张纸，那是这套公寓的平面图。"先定好方向。这个小方块，就是我现在待的前厅。靠街这一边是大客厅、内客厅和餐厅。不必上那儿去浪费时间，看来这位伯爵夫人的口味糟糕透了，一件值钱的小玩意儿也没有！……得，别误了正事……噢！这儿就是通卧室的过道。再往前三米，应该是一个壁橱的门，那个挂裙子的壁橱，是跟伯爵夫人的卧室相通的。"

他叠起平面图，关上电筒，沿着过道往前摸去："一米……两米……三米……这儿是门……没错！现在只要在插销周围轻轻割一个切口，就能进去了。嗯，让我想想，这个插销离地的高度是一米四十三……不过，且慢，"他在口袋里摸到了需用的工具，但没有马上拿出来，"悠着点，别心急，说不定里面插销根本没插上呢。先试一下再说……"他轻轻地拧动门球，门果然悄没声儿地开了。

开第二道门花了他整整半个小时，那是卧室里面的一扇玻璃门。他小心翼翼，尽量不弄出一点声音来，即使伯爵夫人还没睡熟，她也不会发觉有人在撬门的。根据平面图的布局，顺着一张长椅往前，就是一把扶手椅，接着就是床边的一张小桌子，桌子上有个信笺盒，那颗价值连城的黑珍珠就放在里面。

他俯卧在地毯上，沿着长椅边上慢慢往前爬去，到了扶手椅跟前，伸出右手在黑暗中摸索，摸到了一条桌腿。他正想立起身来，突然左手在地毯上碰到了一样东西，他马上觉察出那是一个烛台，翻倒的烛台。就在这当口，他又摸到了一个小钟，那种带皮套的旅行钟。

蓦然间他的手触到一样东西，周身不由得打了个激灵。他屏息敛气仔细摸去，分辨出了头发、脸孔……一张冰凉的脸孔。他马上拧亮电筒。只见一个女人躺在血泊之中，颈部和肩部都有明显的伤痕。他俯身检查了一下，她已经死了。

他立起身来，摁下电灯开关，房间里顿时一片通明，可以清楚地看出这儿曾经发生过一场激烈的搏斗。床上凌乱不堪，烛台倒在地上，还有那个旅行钟——两根针指在十一点二十分上——稍远些有一把椅子翻倒在地，到处是一摊一摊的血。

"黑珍珠呢？"他喃喃地说。

信笺盒还在原来的位置。他急忙打开盒子。盒子里有个首饰匣，但里面已经空空如也。

他坐倒在一张扶手椅里，双手握拳支住发烫的前额，一时陷入了沉思。

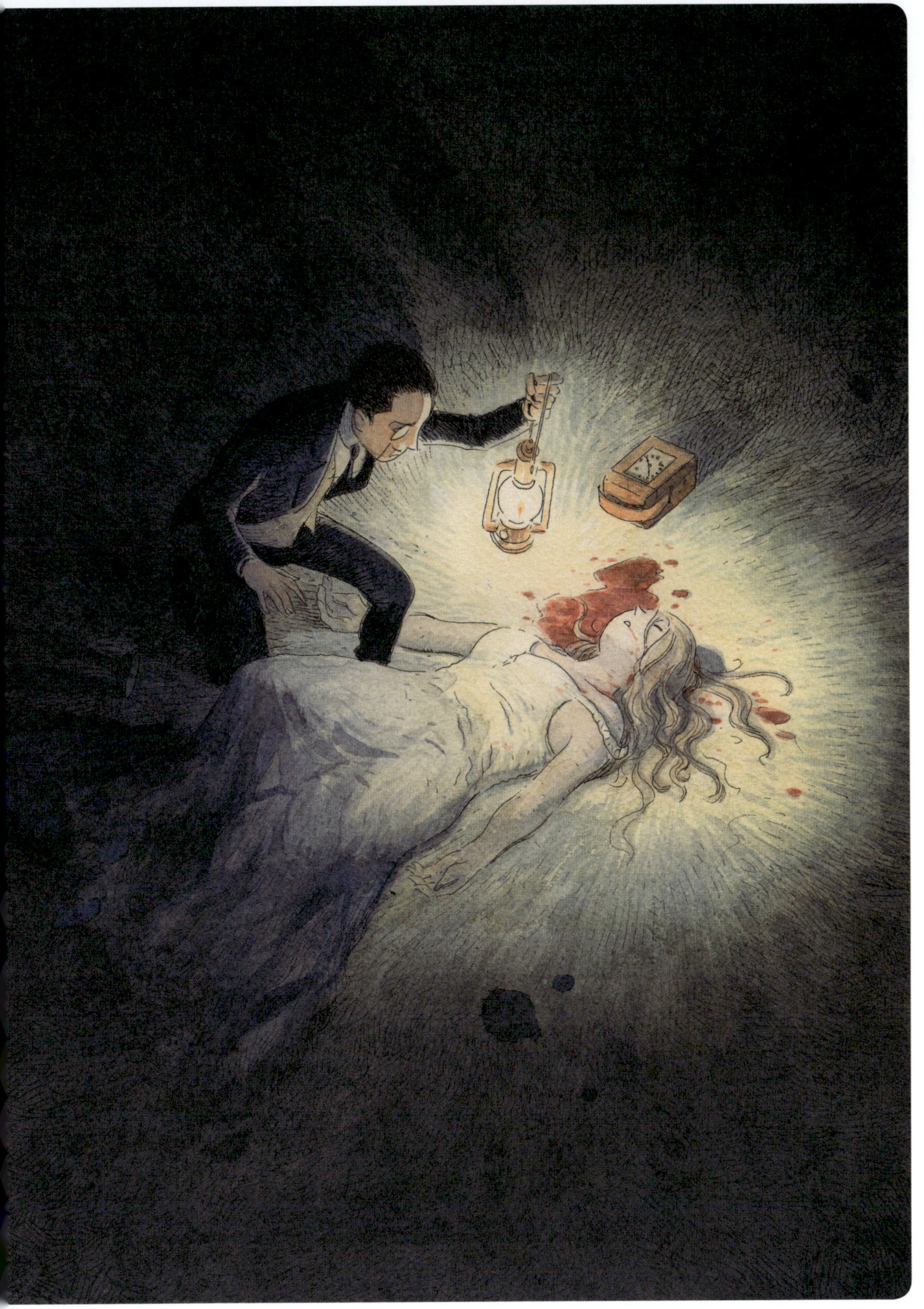

案发后的第三天，各家报纸都刊载了这样一则消息：

　　据悉，维克多·达奈格尔已由警方拘捕，此人系日前遇害的德·昂迪伊奥伯爵夫人的男仆。保安处长迪杜瓦先生亲临案发现场，在伯爵夫人寓所顶楼的下人房间里搜出一件号服，藏在达奈格尔的床垫和床绷之间，衣服缺少一颗纽扣，袖口上沾有血迹，随即，又在死者的床下发现了那颗缺失的纽扣。

　　警方的假设是达奈格尔晚餐后并未回顶楼，悄悄躲进挂长裙的壁橱，从里面窥看伯爵夫人把黑珍珠藏在哪儿，然后连夜行凶作案，窃走这一价值连城的珠宝。

　　遗憾的是，至今尚无确凿证据可以证实这一假设。而且有一情况颇为令人费解，即翌日上午七时达奈格尔曾去过库赛尔大街的烟杂店：看门人和烟杂店老板先后证实了这一点。再者，伯爵夫人的厨娘和贴身女伴都肯定说八点钟她们起身时（两人都睡在过道尽头），前厅和厨房的门都是锁紧的。她俩随侍伯爵夫人左右逾二十载，其证词的可靠性当是无可置疑的。于是我们不禁要问：达奈格尔是怎样走出公寓的？莫非他事先就另外配了一把钥匙？预审结果究竟如何，且让我们拭目以待。

然而，预审根本就没有什么结果。从档案查出，维克多·达奈格尔是个很危险的惯犯，而且一向酗酒成性、生活放荡。可是调查取证几乎毫无进展，案情犹如一团乱麻，证词往往相互矛盾。

首先，死者的侄女、唯一的遗产继承人德·森克莱弗小姐申明伯爵夫人曾在遇害前一个月写信给她，把黑珍珠藏在何处的秘密告诉过她。但收到信的第二天，这封信就不翼而飞了。

其次，看门人夫妇的证词中提到，他们曾为一个陌生人开过门，此人说他是上楼去找阿雷尔大夫的，于是传讯了大夫，可是当天夜里根本没有人去按过大夫家的门铃。那么，这个人究竟是谁呢？他会是同谋犯吗？

同谋犯的说法，在新闻界舆论界颇有市场，就连大名鼎鼎的总探长加尼马尔先生也认为此说不无道理。"这中间一定有罗平在插手。"他对预审法官这么说。

"哦！"预审法官不以为然，"在您眼里，哪儿都有这位罗平。"

"没错，可这正是因为哪儿都确实有他在插手。"

"依我看，每回只要有什么疑点一时解不开，您就总要念叨这个罗平。现在，有一点我想提请您注意：案发现场的那只钟表明，凶杀发生在十一点二十分，而根据看门人的陈述，那个陌生人要到清晨三点钟才来。"

这种先入为主的推理方法，是司法人员办案时的通病。维克多·达奈格尔犯有前科，劣迹昭彰。对这种嫌疑犯，无论证据是否充分，预审法官总是不会轻易放过的。

三周后正式开庭。法庭辩论气氛很沉闷，监察署的指控陈述有气无力、漏洞百出。达奈格尔的律师趁势出击，指出此案明显证据不足。达

奈格尔先生没有钥匙，是无法在出门以后再把公寓门上的锁舌放出两圈的。要说他另配了一把钥匙，那么请问是谁给他配的钥匙，又有谁见过这把钥匙？还有，凶手作案的那把刀，到底又在哪里呢？

"总而言之，"律师最后说道，"第一，没有证据能够证实我的当事人犯有谋杀罪；第二，对于清晨三点钟进入大楼的那个神秘人物正是此案元凶的推论，我们无法排除其成立的可能性。有人说，现场的时钟指在十一点二十分，但这又能说明什么问题呢？难道作案人就不能把钟拨到这个时间吗？"

维克多·达奈格尔被判无罪。

他出狱后，用阿纳托尔·迪富尔的假名在蒙马特尔区租了一个小房间安顿下来，靠打零工过日子。他常常觉得好像有人在跟踪他。有一点他心里是明白的，那就是警方决不会就此罢休，他们准是设下了陷阱在等他掉进去呢。

有一天晚上，达奈格尔正在附近的一家餐馆里吃饭，只见有个人在他对面坐了下来。这人四十来岁，穿一件黑色旧礼服，看上去脏兮兮的。他要了个汤，点了几样蔬菜，还要了一瓶红葡萄酒。

这人喝汤的时候，转过眼来盯住达奈格尔。达奈格尔脸色变白了。他想站起身来，两条腿却直打哆嗦，仿佛不听使唤了似的。

这人拿起酒瓶给自己倒了一杯，再把达奈格尔的杯子也斟满，然后说道："咱们干一杯怎么样，老兄？"

维克多张口结舌地回答说："好……好……祝您健康，老兄。"

"祝您健康，维克多·达奈格尔。"

那一位吓了一跳："我……不！……我不是……"

"你想说你不是达奈格尔，不是伯爵夫人的男仆？"

"什么男仆不男仆？我叫迪富尔。不信您可以去问老板。"

"阿纳托尔·迪富尔，没错，老板知道的是这个名字，可是法院知道你是达奈格尔，维克多·达奈格尔。"

"没这事！根本没这事！别听人家瞎说。"

对面这人从衣袋里抽出一张名片递过来。维克多只见上面写着：

　　情报局保安处前警探格里莫当

他不由得打了个寒战，声音发抖地说道："您是警署的人？"

"现在不是了，可我喜欢这个行当，还想靠这老本行……弄点外快。碰上运气好，还真能弄上一大笔呢……你这不就是送上门来了？"

"我？"

"对，就是你。不过，只要你肯乖乖地听我的话，咱俩好商量。"

"可要是我不听呢？"

"你会听的。就凭你眼下的处境，你不会不听我的。"

达奈格尔心里发毛，怯生生地问道："究竟是什么事？……请说吧。"

"那好吧，"格里莫当说，"咱们别再兜圈子了。长话短说：我是德·森

克莱弗小姐派来的。"

"森克莱弗?"

"德·昂迪伊奥伯爵夫人的遗产继承人。"

"那又怎么样呢?"

"那又怎么样!德·森克莱弗小姐委托我向你要回那颗黑珍珠。"

"那颗黑珍珠?"

"就是你偷去的那颗。"

"要是我偷了,我岂不就成凶手了?"

"你就是凶手。"

达奈格尔一个忘形,纵声大笑起来。"您这位先生听好了,幸亏法庭可没像您这么说话。您瞧,陪审团一致认定我是无罪的。我是个清清白白的人,对那十二位正直的陪审员非常尊重……"

"行啦,别再吹了。你现在得仔细听我说,这对你可是大有好处的。达奈格尔,案发前三星期,你从厨房里偷了后门的钥匙,到奥贝冈弗街二百四十四号的乌塔尔锁铺去照样配了一把。"

"没这事,根本没这事……"维克多嘴里咕哝着说,"有谁见过这把钥匙啦?"

"它在我手里。"

静默片刻之后,格里莫当接着说:"你用一把带刃口的三角刮刀杀死了伯爵夫人,这把刀是你在配钥匙的当天从共和国广场买的。"

"你这是信口开河。有谁见过这把刀子啦?"

"它在我手里。"

维克多·达奈格尔一个趔趄,向后退了一步。

前警探接着往下说:"上面还有红色的锈斑。恐怕没有必要向你解释这锈斑的来由了吧?"

"可这又怎么样?……你有一把钥匙,一把刀子……可有谁能证明它们是我的呢?"

"有两个人能证明。一个是锁匠,一个是店员。我已经让他们回忆起了你的模样。当场对质的话，他们一眼就会认出你的。"

他的话说得干脆利落、无懈可击。达奈格尔害怕得浑身起了痉挛，但他还不甘心就此认输。"谅你也只有这点东西了吧！"他从牙缝里挤出这么一句。

"还有呢。你在作案行凶以后，循着原路往外走。可是走到壁橱边上，你感到害怕得腿都发软了，就靠在墙上歇了一会儿。"

"这你怎么会知道的？"维克多瞠目结舌地说，"……没人会知道这事。"

"当然，监察署的那些老爷是不会想到点支蜡烛检查一下墙壁的。其实只要照一下墙壁，就会看见雪白的墙上清清楚楚地留着个淡红的指印。而你想必知道，凭这个大拇指的指印，是很容易判定凶手是谁的。"

达奈格尔变得脸色惨白，豆大的汗珠从额头直往下淌。他两眼发直，愣愣地盯着面前的这个陌生人，这个人居然能把他作案的经过叙述得一清二楚，就像是亲眼看见的一样。

他的脑袋耷拉了下来。这几个月来，他跟各种各样的人都较量过，可是面对这个陌生人，他感到自己全无半点招架之力了。

"要是我把黑珍珠给您，"他结结巴巴地说，"您给我多少？"

"一个子儿也不给。"

"什么！您是开玩笑吧！我给您这么一件价值连城的珠宝，结果却什么也捞不到？"

"捞到一条命。"

这个无赖浑身直打哆嗦。格里莫当换了一种比较缓和的语气说:"得了,达奈格尔,这颗珍珠在你手里一钱不值。你既然没法把它出手,何必再留着呢?"

"会找得到买主的……等到那一天,不管人家出什么价……"

"……全都已经太晚喽。"

"什么意思?"

"什么意思!不就因为警署早就把你逮捕归案了吗。我会把所有的证据都跟他们抖搂出来的:刀子、钥匙、墙上的指印,你呀,就等着完蛋吧。"

维克多双手抱紧脑袋,他意识到自己这回是完完全全栽在对方手里了。他有气无力地问道:"什么时候要?"

"今儿晚上,一点钟以前。"

"要不然呢?"

"要不然,我就把森克莱弗小姐的举报信投进邮筒。"

达奈格尔给自己斟满两杯酒,"咕嘟咕嘟"地全都灌了下去,然后立起身来说道:"您付账,咱们走吧……这个倒霉的茬儿,我算是受够了。"

夜深时分,两人沿勒比克街往星形广场而来。到了蒙索公园,维克多开口说道:"就在那座房子边上……"

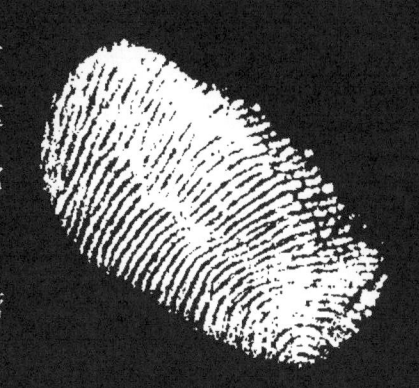

他俩沿着公园的铁栏杆继续往前走，又穿过了一条街。但走着走着，达奈格尔脚步愈来愈慢，神色愈来愈犹豫。最后，他在路边的一张长凳上坐了下来。

"怎么啦？"格里莫当问。

"就这儿，到了。"

"到底在哪儿？"

"两块铺路石中间。"

"哪两块？"

"您自个儿找吧。"

"到底哪两块？"格里莫当又问一遍。

维克多不吱声。

"好啊！你是想给我吃药，伙计。"

"不……可是……我这日子没法过了呀。"

"啊，所以你想改主意了？行，我成全你，你要多少？"

"得够买一张到美洲的统舱船票。"

"行。"

"还得要一百法郎，初到那儿可以应付一阵子。"

"给你两百。现在快说！"

"从阴沟往右数，第十二和第十三块中间。"

格里莫当打量一下四周。除了远处驶过的电车，路上空荡荡的。他掏出小折刀，沿两块铺路石的接缝插下去。

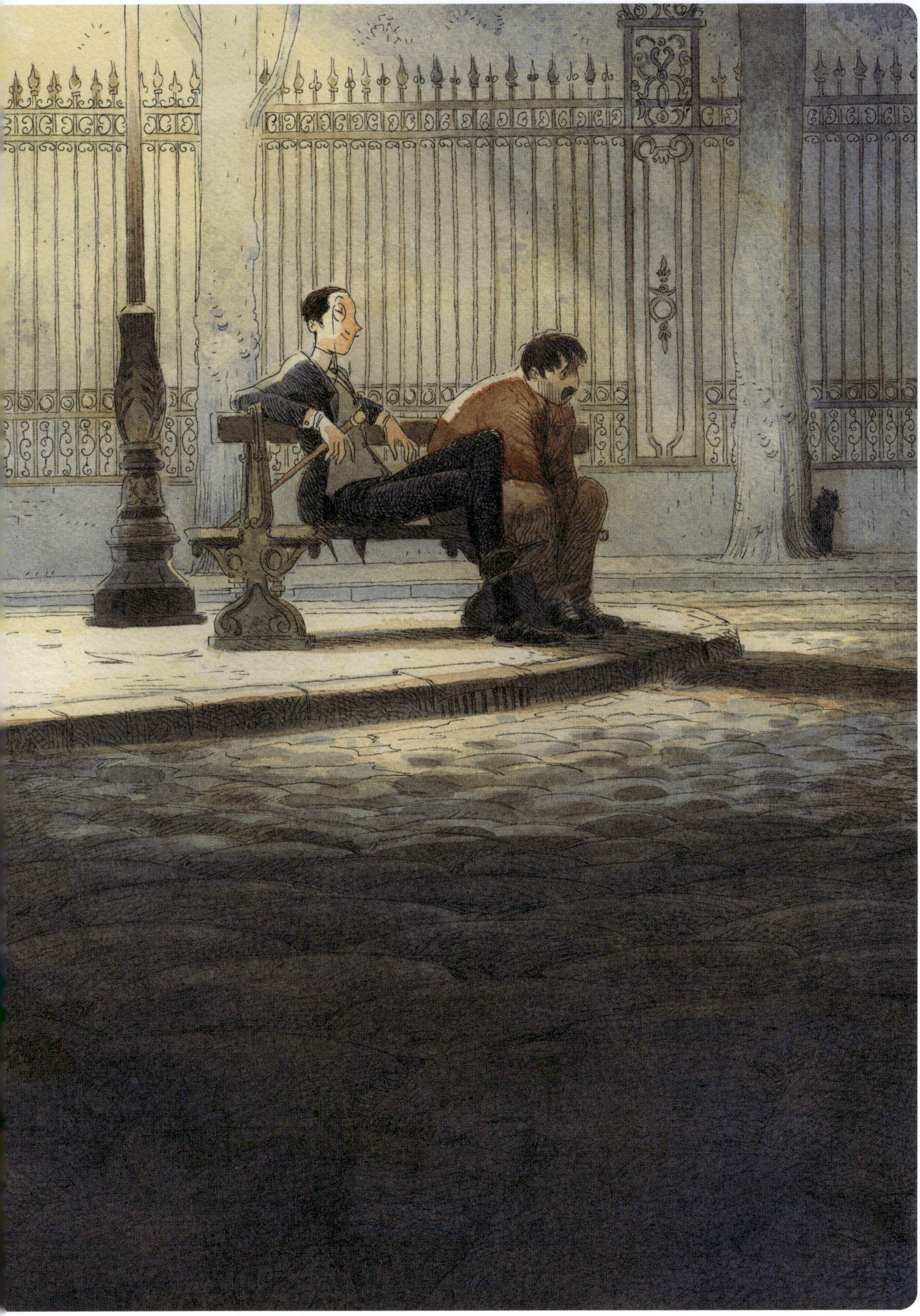

"有多深？"

"十公分左右。"

格里莫当挖出一些潮湿的泥沙。突然，刀尖碰到了一样东西。他用手指把洞扒大一些，果然看见了那颗黑珍珠。

"给，这两百法郎给你。去美洲的船票我会让人给你送去的。"

第二天《法兰西回声报》刊出的这则加边框的消息，后来各家报纸都纷纷转载了：

> 那颗名闻遐迩的黑珍珠，昨日已由亚森·罗平从谋杀德·昂迪伊奥伯爵夫人的凶手手里收回。这件珍宝的复制品，不日将在伦敦、圣彼得堡、加尔各答、布宜诺斯艾利斯和纽约巡回展出。
>
> 亚森·罗平无任欢迎各界客户前来洽谈有关事宜。

"这就叫恶有恶报，善有善报。"亚森·罗平对我叙述完这件案子的始末以后，感慨系之地继续说道，"您知道，我发现伯爵夫人遇害以后，在她的寓所足足待了四十分钟。这四十分钟时间里，我分析了事情的来龙去脉，推想了凶手的作案过程，从种种蛛丝马迹中认定罪犯只能是伯爵夫人的男仆。而且我知道，要想拿到这颗黑珍珠，就得先让警方拘捕这个男仆——因此我把他号服上的一颗纽扣留在了现场，但是又不能让警方掌握定案的确凿证据——因此我收起他忘在地毯上的那把刀，藏起他忘在锁眼里的那把钥匙，放出两圈锁舌锁紧门，还擦掉了墙上的血指印。我觉得，当时我脑子里有一种……"

"灵感。"我插嘴说。

"不妨就说是灵感吧。先捉后放的主意，确实是灵机一动想出来的。我决定先让警方和检察署给这家伙点厉害尝尝，然后等他一放出来，就甭想逃脱我给他张下的罗网！……"

"这可怜虫……"

"可怜虫？您把这家伙叫作可怜虫！您怎么不想想他是个杀人凶手呢？让黑珍珠留在他手里，那才叫老天不长眼呢。他捡了条命，已经够便宜他了！"

"这么说，黑珍珠就归您了？"

他从皮夹的一个暗袋里掏出那颗黑珍珠，充满温情地端详着它，用手指轻轻地摩挲着它，然后喟然长叹道："这颗曾为昂迪伊奥伯爵夫人白皙的颈项增色生辉的无价之宝，谁知道有一天会戴在哪个美国富婆的胸前哦……"

9

福洛克·歇尔摩斯来迟了

"真是怪事,您跟亚森·罗平长得这么像,韦尔蒙!"

"您认识亚森·罗平?"

"哦!就和大家一样,见过照片呗。这些照片张张都不一样,可总的印象嘛……就是您这模样。"

奥拉斯·韦尔蒙似乎略有愠色。"您真这么认为,亲爱的德瓦纳?不过说这话的,您也不是第一个喽。"

"要不是我表兄德·埃斯特旺给我介绍的您,要不是您作为风景画家这么出名,那些描绘海景的油画叫我看得那么入迷,我说不定真会去向警方报案,说您到了第厄普哩。"

这几句俏皮话赢来一阵哄堂大笑。蒂贝梅尼尔城堡的餐厅里,银行家乔治·德瓦纳和他母亲请来赴宴的客人除了韦尔蒙,还有热里斯神甫和十多位军官，他们的团队正在近边野营操练。

肚里装满美酒佳肴的宾客陆续走进隔壁的大厅。这间高敞的大厅里陈列着蒂贝梅尼尔家族几世纪收藏的珍品。大厅的石墙上悬挂着华贵的壁毯。左首那个尖形窗扇和房门的中间，竖着一排古色古香的书架，上端有一行金字："蒂贝梅尼尔"。

男客们点上雪茄以后，德瓦纳又接着刚才的话茬说道："不过您可得赶紧，韦尔蒙，过了今儿晚上您就甭想下手喽。"

"此话怎讲？"画家说道，显而易见，他觉得城堡主人是在跟他开玩笑。

德瓦纳刚要张嘴往下说，他母亲对他使了个眼色。然而酒酣耳热之际，客人们翘首以待的期望神情使他有些忘乎所以，顾不得那么多了。"嗐！"他嘟哝着说，"现在说说不碍事的，没什么好怕了。"

客人们朝他围坐过来，急切地想知道究竟是怎么回事。他满脸得意之色，高声宣布说："明天下午四点钟，大名鼎鼎的侦探福洛克·歇尔摩斯先生就要光临舍下了。"

大厅里一阵骚动。福洛克·歇尔摩斯光临蒂贝梅尼尔城堡？此话当真？亚森·罗平果真要棋逢敌手了？

"亚森·罗平和他的那帮喽啰没跑远。且不说卡奥恩男爵那档子事，就说蒙蒂尼、格吕歇、克拉维尔的那些失窃案吧，不是咱们这位神偷干的，还能是谁呢？现在，轮到我了。"

"敢情您也像卡奥恩男爵一样，事先已经收到他的通知了？"

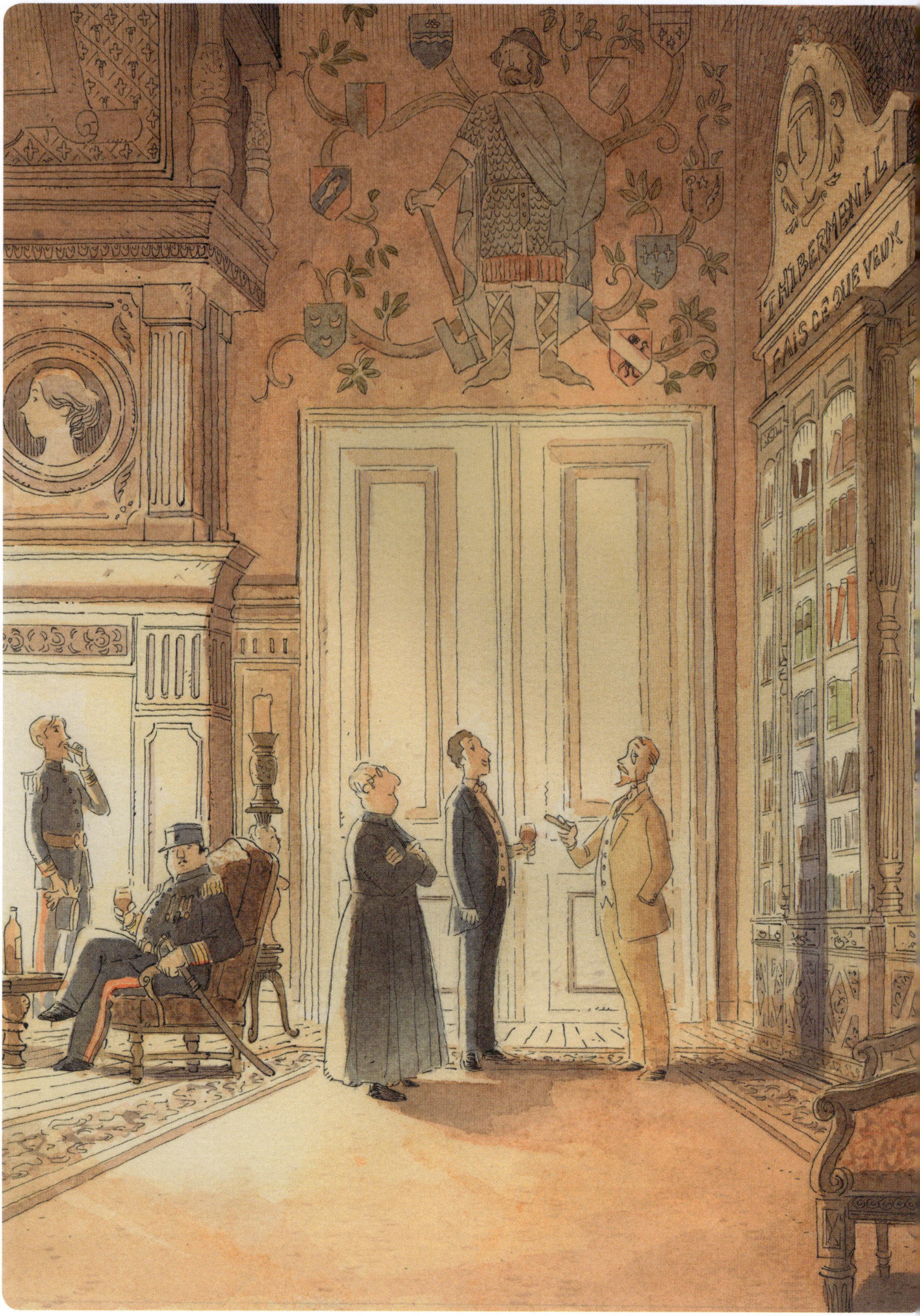
THIBERMENIL
FAIS CE QUE VEUX

"炒冷饭就算不得好本事喽。"

"那是怎么回事？"

"是这么回事。"德瓦纳站起身来，指给大家看书架上的一格，只见两本厚厚的对开本著作中间，空着一个位置。"原先这儿还有一本十六世纪的著作，书名叫《蒂贝梅尼尔家族年谱》，这本族谱记载了罗隆公爵修建这座城堡以后的一段家族历史。其中有三幅镌版插图。第一幅是领地全景图，第二幅是城堡外形图，第三幅——我提请各位注意——是一条暗道的示意图，这条暗道一头通到城堡围墙外面的旷野，另一头通到这儿，对，就通到各位现在待在里面的这个大厅。可是，这本书上个月不见了。"

"嗨，"韦尔蒙说，"这是有点不妙。不过，光这点事还不至于要惊动福洛克·歇尔摩斯的大驾吧。"

"那当然，要不是后来又出了桩事情，让我意识到我刚才告诉各位的情况确实非常严重，我是不会去请福洛克·歇尔摩斯先生大驾光临的。这本家族年谱在国立图书馆还有个复本，但两个本子略有不同，原因是暗道的草图是分别用墨水画上去的，画得略有出入，再说有些地方已经用橡皮擦过，看不清楚了。而就在我的这本原本失踪的第二天，国立图书馆里的那本也不见了。"

大厅里响起一片惊叹声。

"所以这一回，"德瓦纳说，"警方闻风而动，部署了周密的调查方案，可结果还是一无所获。"

"只要是亚森·罗平作的案,都是这个样的。"

"可不是。这时,我才想到了求助于福洛克·歇尔摩斯先生。这位大侦探答复我说,他非常有兴趣来和亚森·罗平会一会。"

"这可真是给亚森·罗平脸面喽!"韦尔蒙说,"可要是咱们的神偷,这是按您的说法,根本没打算来光顾蒂贝梅尼尔城堡,那福洛克·歇尔摩斯先生不是要白跑一趟了吗?"

"不会白跑的。还有一件事他也很感兴趣,就是找到那条暗道的位置。"

"咦,您不是刚告诉我们说,暗道一头通城堡外面,另一头通这个大厅吗!"

"大厅的哪儿?两幅地图都表明暗道一头通到一个圆圈,就是大厅所在塔楼的位置。可是塔楼是圆的,谁能确定暗道是从哪儿通进来的呢?"

德瓦纳点上第二支雪茄，又斟了杯甜烧酒。在座的客人你一句我一句地问个不休。他笑吟吟地望着大家，最后颇为自得地回答道："这个谜底已经没人知晓了。据说这个秘密在家族中是代代相传的，父亲要到弥留之际方才把这秘密告诉守在病榻旁的儿子。但后来传到了热奥弗鲁瓦，他十九岁就上了罗伯斯庇尔的断头台。"

"这都过去一个多世纪了，那条暗道难道就没人再找了吗？"

"找了，可谁也没找到。我从国民公会议员莱里布尔先生的重孙手里买下这座城堡以后，也让人里里外外全都找了个遍。可有什么用呢？国立图书馆那个复本，地图上还画着四段阶梯，一共有四十八级台阶，由此推想起来，暗道的深度可能不止十米。而从原本的地图，可以看出这些阶梯两头的直线距离大约有两百米。可是暗道出口到底在哪儿呢？当然，也有个办法，就是把这个大厅的天花板、地板、墙壁，统统撬开来。可说实话，我下不了这个狠心。"

"此外就毫无线索了？"

"毫无线索。"

这当口热里斯神甫发话了："德瓦纳先生，不是还有那两句引文吗？"

"哦！"德瓦纳笑着说，"神甫先生对文献和回忆录情有独钟，凡是跟蒂贝梅尼尔家族有关的资料他都不肯放过。可是这两句引文只会把事情愈弄愈玄乎。"

"不妨说出来听听嘛。"

"你们真想听？"

"非常想听。"

"好吧。其实那不过是跟两位国王有关的谜语罢了。"

"两位国王?"

"亨利四世和路易十六。"

"那谜语神甫先生是怎么发现的?"

"噢!事情非常简单,"德瓦纳接着往下说,"阿克战役的前一夜,亨利四世陛下曾在这座城堡里用晚餐,当夜就睡在这儿。夜里十一点钟,那位诺曼底的第一美人路易丝·德·堂加维尔夫人由埃德加公爵从暗道领到陛下身边。后来亨利四世把这个秘密告诉了他的宠臣絮利,絮利在回忆录里提到这桩逸闻时,没做任何评述,但他记下了这样一句让人摸不着头脑的引文:'斧子旋转,空气颤动,翼翅开处,走向天主。'"

片刻沉默过后,只听得韦尔蒙冷冷一笑说道:"这引文可真有点玄乎。"

"可不是?神甫先生认为这是絮利出的一个谜,因为他不想让记述回忆录的秘书知道这个秘密。"

"绝妙的假设。"

"这我同意,可是斧子旋转做何讲?鸟儿拍翅又是什么意思?"

"走向天主的又是谁?"

"真是莫测高深。"

韦尔蒙又问道:"那位路易十六,也是为了接待贵妇人才让人打开暗道出口的?"

"这就不得而知了。我所能知道的是,路易十六曾在一七八四年驾临蒂贝梅尼尔城堡,由于加曼的告发而在卢浮宫发现的那个铁柜里,藏着一张纸,上面写着:'蒂贝梅尼尔:2—6—12'。"

韦尔蒙放声大笑:"有门儿啦!迷雾可以拨开喽。二乘六不就是十二吗?"

"您尽管笑吧,先生,"神甫说,"可我还是认为,问题的答案就在这行文字里,说不定哪一天会有人解开这个谜的。"

"当然是福洛克·歇尔摩斯喽,"德瓦纳说,"除非他让亚森·罗平占了先。您说呢,韦尔蒙?"

韦尔蒙立起身来,把手按在德瓦纳的肩上说道:"依我看,您的原本和图书馆的复本所提供的资料原先都缺少一个最重要的信息。承蒙您的高情厚意,把这信息告诉了在下。在下不胜感激。"

"接下去您打算……"

"现在斧子转了,鸟儿飞了,二乘六得十二了,我也只能开路了。"

"一分钟也不耽搁?"

"一秒钟也不耽搁!您不是说过要我在今天夜里,也就是在福洛克·歇尔摩斯大驾光临之前,先下手为强吗?"

"可您已经没这时间,恐怕来不及喽。要不要我送您?"

"到第厄普?"

"到第厄普。我反正顺路,德·昂德罗尔夫妇和他俩一位朋友的女儿乘夜车到第厄普,我正好去接他们。"说完,他转身对军官们说道:"请各位赏脸，明天到舍间来吃午饭。"

军官们接受了邀请并起身告辞。

不一会儿，德瓦纳和韦尔蒙已经坐进小汽车往第厄普而去。

德瓦纳在火车站接到客人后，汽车又驶回城堡。大家吃了点夜宵，各自就寝。

凌晨三点钟。一个人影出现在大厅里，手里拿着一盏电气提灯。接着又冒出两个人影。第一个人朝整个大厅细细看了一遍，倾耳听了一会儿，然后说道："把弟兄们都叫来。"

弟兄们共有八个，全是精悍的汉子，一个个从暗道里走了出来。搬运工程就此开始。

他们动作很快。亚森·罗平四处走动，按照大厅里古董、家具的体积大小或艺术价值决定取舍。只要他吩咐一声"搬走！"，那件东西顷刻间就变魔术般地消失在暗道入口里了。其中包括路易十五时代的六把扶手椅、六张圆凳，十八世纪最负盛名的金银雕镂大师古蒂埃尔署名精制的多枝烛台，洛可可大师弗拉戈纳尔的两幅油画，以善用淡蓝色著称的宫廷画家纳蒂埃的一幅油画，以及为卢梭、伏尔泰等名人塑过像的乌东大师雕的一尊胸像，另外还有一些小雕像。亚森·罗平有时会恋恋不舍地站在一口精美的衣柜或一幅油画杰作跟前，叹着气说道："这个太重……这个太大……真可惜！"

四十分钟以后，大厅里按亚森·罗平的说法已经"出空了一点"。

福洛克·歇尔摩斯来迟了

整个搬运工程进行得有条不紊，这些汉子搬起东西来悄没声儿的，仿佛那些家具都裹着厚厚的棉絮似的。

走在最后的那人扛着布尔大师精工镶嵌的一张桌子，亚森·罗平喊住他说："弟兄们都不用再回来了，装好车就照原方案开到洛克福尔的那个谷仓。"

"那您呢，头儿？"

"把那辆摩托车给我留下。"

这人进了地道。亚森·罗平推上书架的翻墙，抹去搬运留下的痕迹，拭去地上的脚印，然后走进一条连接塔楼和城堡的走廊。走廊当中有个玻璃橱，里面陈列的收藏品都是些价值连城的古董珍宝：怀表、鼻烟壶、钻戒、链饰、细密画。他用一把夹钳撬开锁，喜不自胜地拿起这些精美绝伦的小玩意儿，往挂在颈脖上的一个大布袋里装。袋子装满以后，又往衣袋、裤袋和背心夹袋里装……突然，他似乎听见有动静。

他停住手，侧耳细听：没错，是有声音。他猛地想起，在走廊那头，有道楼梯通到城堡里的一个房间。那里面本来一直不住人，但今天晚上，德瓦纳会在那儿。

他利索地熄灭提灯，闪身躲到一幅窗帘背后。就在这时，楼梯顶上的那扇门打开了，一道幽暗的光线射进走廊。

他藏身在窗帘后面，能感觉到有人在小心翼翼地走下楼梯。他巴望这人别再往前走了，可是这人下了楼梯以后，又走近过来。突然，这人叫了一声，大概是看见玻璃橱被撬开，一大半东西都不见了。

从来人身上的香味，亚森·罗平知道这是个女人。她的衣裙几乎擦着了他藏身的窗帘，他觉得仿佛听得见这女人的心怦怦在跳，他凭直觉知道她一定也猜到了暗处有个人就跟她近在咫尺。他心想："她一定怕得要命……接下来就会逃走……她不会再待在这儿的。"可是她没有逃走。她手里那支瑟瑟发抖的蜡烛慢慢拿稳了。她转过身，稍一迟疑，仿佛是在这瘆人的寂静中谛听似的，然后猛地一下子拉开窗帘。

两人面对面站着。

亚森·罗平慌乱地喃喃说道："是您……您……小姐！"此人竟是奈丽小姐！奈丽小姐，正是在"普鲁旺斯"号远洋客轮上让他怦然心动的奈丽小姐，正是目睹他被捕而没有出卖他，巧妙地把那架藏着珍宝钻石

福洛克·歇尔摩斯来迟了

的柯达相机扔进海里的奈丽小姐！在狱中那些漫长的日子里，他曾经多少次满怀温情地回想起她可爱的倩影啊！

命运真是不可思议，他俩竟然会在这样一个场合相遇。两人一时都呆住了。但渐渐地，亚森·罗平意识到了自己此刻的模样有多狼狈：脖子上的布袋装得满满的，衣袋、裤兜全都胀鼓鼓的，手里还捧着两大把珍宝。他真恨不得有个地洞能当场钻下去。

一块怀表滚落到地毯上，接着手里捧的那些玩意儿纷纷滚落下去。然后，他狠狠心，把那个布袋和衣袋、裤兜里的东西全倒了个空。这样一来，他面对奈丽小姐站着觉得自在多了。他走上一步想对她说话，可是她惊慌地转身往大厅跑去。

亚森·罗平赶过去，只见她浑身哆嗦地呆望着空落落的大厅。亚森·罗平沉吟片刻，开口说道："明天三点钟，所有的东西都会送回来的。"见她没有作声，他又说道："明天下午三点，我保证……我从不食言……明天，三点。"

接下来是一阵很长的静默。他不敢再开口说话，看到奈丽小姐的情绪那么激动，他打心眼里感到难受。他转过身，慢慢地离去。

突然，她声音发抖地说道："您听……脚步声……我听见有人……"

他回过身惊讶地望着她。她看上去神情慌乱，好像大祸就要临头似的。"我没听见声音，"他说，"不过……"

"怎么！您还不快走……快逃呀……"

"逃……为什么？"

"快……快……哦！别再待在这儿了……"

她奔到走廊那儿侧耳细听。是的，是没人。也许刚才是外面的声音？她又等了一会儿，终于放下心来，转过身子。

亚森·罗平已经不见了。

德瓦纳望着劫后的大厅，心里有过一个念头："是韦尔蒙干的，韦尔蒙就是亚森·罗平。"但这念头只是一闪而过，因为它似乎太荒唐了。这么位著名的画家，又是表兄社交圈里的朋友，怎么可能是亚森·罗平呢？等到探长接到报警匆匆赶来时，德瓦纳已经打消了这个念头，不想把这无稽之谈的假设告诉探长了。

整个上午，蒂贝梅尼尔城堡里人来人往，一片忙乱。初步的踏勘一无所获。门窗都完好无损，案犯肯定有个秘密入口。可是地毯上不见脚印，石墙上也没有任何异常迹象。

只有一件事充分表明了亚森·罗平的风格：那本失窃的十六世纪的族谱又回到了书架上的老地方，旁边还多了国立图书馆的那个复本。

到了十一点钟，军官们都来了。德瓦纳兴致很高地接待了他们——凭他的家产，这些艺术珍品的失窃还不足以让他变得愁眉苦脸。他的朋友德·昂德罗尔夫妇和奈丽小姐也下楼来了。

寒暄甫毕，大家发现少了一个人——奥拉斯·韦尔蒙。见他没来，德瓦纳的疑虑又兜上了心头。不过到十二点整，他走了进来。德瓦纳情不自禁地喊道："太好了！您总算来了！"

"我迟到了吗？"

"没有，可我真担心您会……忙乎了一晚上，怎么样，够累的吧？瞧您，敢情这消息您还没听说？"

"什么消息？"

"您洗劫了城堡。"

"得了吧！"

"行。那就请把胳膊让这位奈丽小姐挽住，我们大家入席吧……小姐，请允许我……"但他惊奇地看到奈丽小姐浑身在打战，不由得打住了话头。随后他猛地想起来了："对啦，您曾经跟亚森·罗平乘一条船旅行过，这位先生长得这么像他，准是把您给吓着了，是吗？"

她没有作声。韦尔蒙笑吟吟地站在她面前，欠了欠身子。她挽起他的胳膊，跟着他走到餐桌跟前，坐的位子正好跟他面对面。

席间，起先大家一直在谈论亚森·罗平、失窃的珍贵家具、暗道和福洛克·歇尔摩斯。等到最后转到别的话题上的时候，韦尔蒙也打开了

话匣子。他时而诙谐，时而严肃，时而口若悬河，时而说几句俏皮话，所有这些话，又似乎都是为引起对面这位小姐的注意才说的。可她却仿佛在想别的事情，压根儿就没听见他在说什么。

餐毕，大家都到俯瞰庭院和花园的露天平台上去喝咖啡。下面的草坪上，团队的军乐队正在演奏乐曲，花园的小径上到处都是士兵和看热闹的农夫。

奈丽小姐心里一个劲地想着亚森·罗平的那句话："三点钟，所有的东西都会送回来的，我保证。"

三点钟！可这会儿已经两点五十分了。她下意识地瞥了一眼韦尔蒙，只见他坐在一张舒适的摇椅上，悠然自得地微微晃动着……

挂钟敲响了三点钟。韦尔蒙掏出怀表，抬头看了看挂钟，又把表放回衣袋里。正在这时，只见庭院里的人群散开，让出一条通道，两辆马车穿过铁门驶进庭院，直到台阶跟前停下。这是两辆遮着篷布的辎重军车。一个下士司务长跳下车来要见德瓦纳先生。

德瓦纳奔出去，快步走下台阶。他看见了篷布下面装着他的那些宝贝家具和油画。他问司务长这是怎么回事，司务长就掏出一张命令给他看。由警署副长官早上转发的这道命令上写道：着四营二连前去阿克林区阿勒村的交叉路口，将就地堆放的家具物件于下午三时准时运抵蒂贝梅尼尔城堡面交乔治·德瓦纳先生。命令上有博韦尔上校的签名。

"我们到了那儿，"下士补充说，"只见东西早就排在草地上了，旁边围着好些看热闹的人。这事真有点儿蹊跷，可那又怎么样呢？命令可

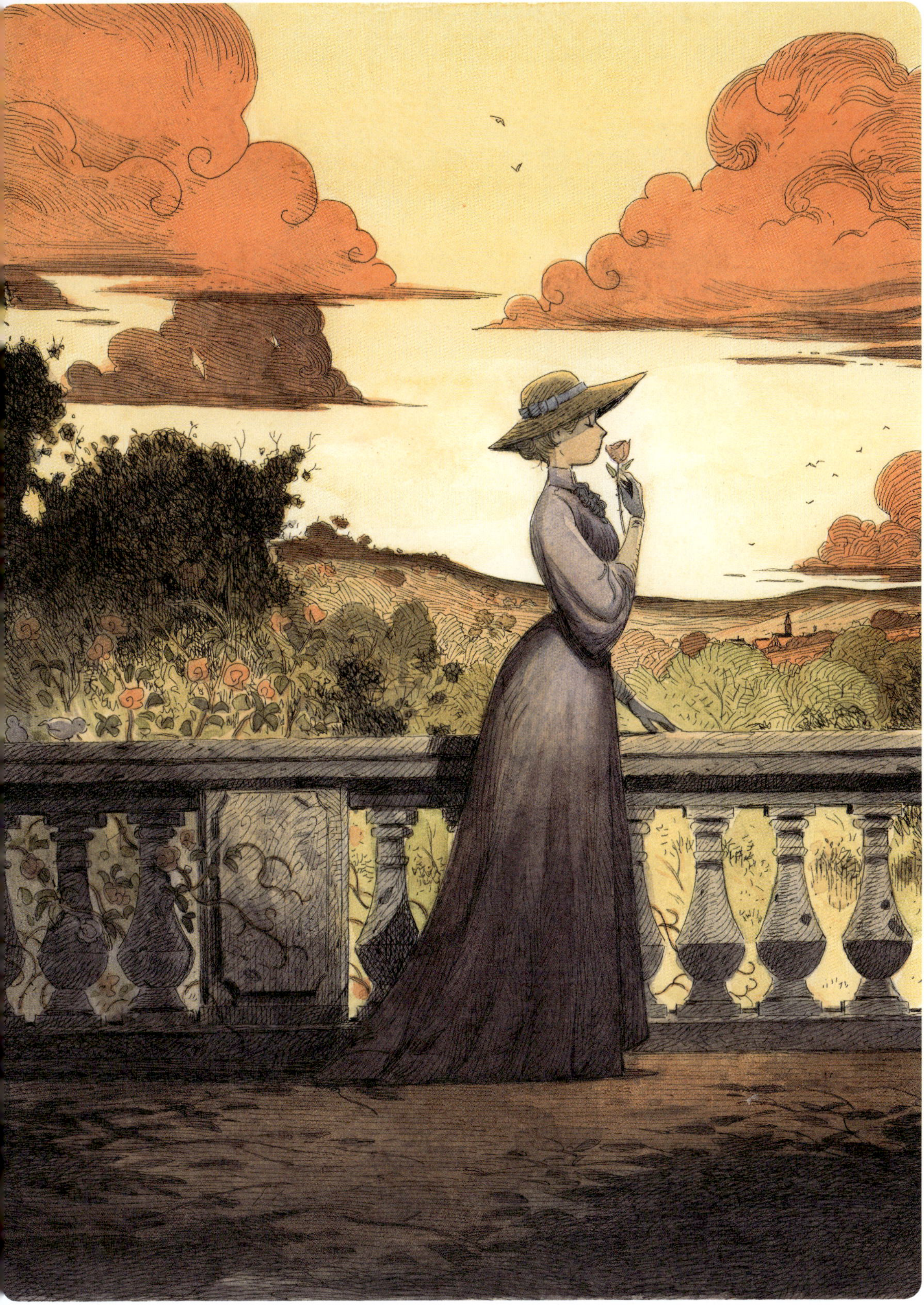

写得一点不含糊。"

有位军官细细辨认了命令上的签名，上校的签名是假的，但真是模仿得惟妙惟肖。

乐队停止了演奏，士兵们把马车上的东西都卸下来，搬回了大厅。

奈丽小姐独自一人坐在平台的另一头，心绪不宁地瞧着周围纷乱的场面。突然，她看见韦尔蒙朝她走来。稍过一会儿，只听得有人悄声说道："我没有食言。"

亚森·罗平就在身边！而除了他俩，周围没有旁人。

亚森·罗平走出城堡，沿着旷野里一条蜿蜒的小道，抄近路往火车站而去。走了十来分钟，夹在矮树丛中间的小路愈来愈窄。走着走着，只见有个人迎面而来。来人五十岁光景，长得挺结实，脸刮得很干净，从装束上看像个外国人，手里拿着一根沉甸甸的手杖。走到亚森·罗平跟前时，他用一种不易觉察的英国口音问道："劳驾，先生，请问这条路是去城堡的吗？"

"没错，先生，一直往前走，到城墙跟前再往左。他们都盼着您去哩。"

"噢！"

"是啊，德瓦纳先生昨天晚上就告诉朋友们您要光临此地。"

"这位德瓦纳先生嘴可真快。"

"我很荣幸能第一个向您致敬。敝人是福洛克·歇尔摩斯最热心的崇拜者。"他的声音里略微带着点儿调侃的意味，话说出口以后，他就

福洛克·歇尔摩斯来迟了

觉得后悔了。果然,福洛克·歇尔摩斯定睛打量了他半晌,随后这位侦探说道:"非常感谢,先生。"

"愿为您效劳。"罗平回答说。

两人就此分手。亚森·罗平往火车站而去,福洛克·歇尔摩斯直奔城堡而来。

劳而无功的探长和预审推事已经离去,大家正翘首以待盼着福洛克·歇尔摩斯的到来。一见之下,却不免有些失望,这位大侦探看上去就像个普普通通的生意人,跟想象中那位目光如炬、神勇机警的歇尔摩斯的形象相去甚远。不过,德瓦纳还是感情外露地大声嚷道:"您到底还是来了！太好啦！我可是望眼欲穿喽……我真要说多亏出了这么桩案子，要不然我怎么能有幸见到阁下呢。啊，对了，您是怎么来的？"

"坐火车。"

"太遗憾了！我派车先到码头去接您，等车再赶到车站，您准是已经走了。"

"您想大张旗鼓地把我接到这儿，对不对？"

这种冷冰冰的口气使德瓦纳很尴尬，他强作笑脸接着说道："好在您来的消息说出去也没关系了。"

"何以见得？"

"因为亚森·罗平昨晚已经作过案了。"

"要不是您把这消息事先捅了出去，先生，很可能失窃案不会发生在昨天晚上。"

"那会在什么时候？"

"明天，或者更晚。"

"那又怎么样呢？"

"亚森·罗平就会自投罗网。"

"那些古董珍宝？……"

"就不会失窃。"

"可它们又回来了。"

"回来？"

"三点钟送回来的。"

"是亚森·罗平？"

"是两辆辎重军车送回来的。"

福洛克·歇尔摩斯猛地一下子戴上帽子。德瓦纳叫道："您要干什么？"

"走我的路。"

"您干吗要走？"

"古董珍宝已经回来，亚森·罗平远走高飞。这儿没我的事了。"

"可我确实非常需要您的帮助哩。昨晚发生的事，说不定明天还会发生，因为最重要的几点情况我还一无所知：亚森·罗平是怎样进来，又是怎样出去的，为什么几小时过后又把东西都还了回来？"

"噢！……"歇尔摩斯的情绪缓和了下来，"那好，咱们瞧瞧吧。可得赶快，是不？另外，得尽可能人少些。"

这句话显然是指在场的那些人而言的。德瓦纳心领神会，把英国人领进大厅。歇尔摩斯提了几个问题，了解一下昨晚有哪些人在场，城堡又有哪些常客，问话的口气干巴巴的，而且问的话都像打过腹稿似的，很有点惜墨如金的味道。随后，他细细查看那两本族谱，对照暗道示意图，又听德瓦纳讲了热里斯神甫发现的那两句引文。末了他发问道："这两句引文，您是昨晚才第一次提起的吗？"

"是呀。"

"以前您从没告诉过奥拉斯·韦尔蒙先生？"

"从没告诉过他。"

"好。叫司机准备好车子。我一小时后要用。"

"一小时以后！"

"您给亚森·罗平出的题目，他本来是解不出的。"

"我？我给他出题！"

"对，亚森·罗平就是韦尔蒙，他俩是同一个人。"

"我早这么想过……噢！这个混蛋！"

"可是，昨晚十点钟，您把解题的关键给了罗平，这是他苦思冥想几个星期都没能得到的。这样，他就正好趁昨天夜里的时间下了手。"

歇尔摩斯在大厅里踱来踱去，走了几个来回，然后坐下来，交叉起两条长腿，闭上眼睛。

德瓦纳有些发窘地等在边上。"他是闭目养神，还是在想事儿？"看看没动静，他就先撇下这位侦探，走出大厅去吩咐了下人几句话。等他回来，却见歇尔摩斯跪在走廊的楼梯脚下，细细察看着地毯。

"您找到什么了？"

"您看……这儿……蜡烛油。"

"没错……还是新滴上去的。"

"楼梯上面也有，亚森·罗平撬开的玻璃橱旁边也有。"

"您的结论是……？"

"没什么。所有这些情况，无非是对他为什么要归还盗窃物做出了一种解释而已。不过这一点我想暂且搁一搁。当务之急是找到那条暗道。"

"您是指望……"

"什么也不指望，我已经知道了。在城堡两三百米开外，有座教堂是吗？"

"那是座废弃的教堂，罗隆公爵的墓就在里面。"

"关照您的司机在那座教堂旁边等我们。"

"我的司机还没回来……要不他们会通知我的。我看，您是推测暗道在教堂有个出口。有什么迹象……"

福洛克·歇尔摩斯打断他的话说："先生，请给我准备一部梯子，一盏提灯。"

"您要用提灯和梯子？"

"既然请您准备，当然是要用。"

德瓦纳脸上发讪，拉了下铃。仆人把两样东西都拿来了。

"请您把梯子竖在书架上，搁在 THIBERMESNIL（蒂贝梅尼尔）这行字左边。"

德瓦纳搁好了梯子，英国人继续发号施令："再往左……向右一点……停！请爬上去……好……这些字母都是凸出来的，对吗？"

"对。"

"把字母 H 转转看。这个方向不行，就换个方向。"

德瓦纳抓紧字母 H 又转了转，失声叫了起来："嗨，真能转动呢！往右可以转四分之一圈！这究竟是谁告诉您的？"

福洛克·歇尔摩斯没有搭理他，兀自说道："您够得到字母 R 吗？行……把它左右摇动几下，就像把插销插上又拨开一样。"

德瓦纳来回摇了几下字母 R。摇着摇着，只听得里面有构件脱开的声音，他顿时惊呆了。

"好极了，"福洛克·歇尔摩斯说，"您先下来，把梯子搬到那一头去……好……现在，倘若我没猜错，也没出什么意外的话，字母 L 可以像扇小窗似的打开来了。"

德瓦纳神情严肃地抓紧字母 L 往外一拉，果然拉了开来。与此同时，德瓦纳冷不防地从梯子上摔了下去。因为字母 L 一打开，整个书架就绕着当中的一根轴转动起来，露出了暗道的入口。

福洛克·歇尔摩斯冷冷地问了一句："您没摔伤吧？"

"没事，没事，"德瓦纳说着，一骨碌从地上爬了起来，"可我得承认，我说什么也料不到……这些字母会……"

"那有什么？絮利的引文不是写得很明白吗？"

"可我不明白，阁下。"

"这当然！H 旋转，R 颤动，L 开处，走向天主。[1] 亨利四世深夜召见德·堂加维尔小姐，靠的就是这个机关。"

"那路易十六呢？"德瓦纳目瞪口呆，结结巴巴地问道。

"路易十六热衷于摆弄精巧的装置。我读过一篇《组合锁的构造》的论文，据说作者就是这位国王。蒂贝梅尼尔既然是陛下的宠臣，自然

---

[1] 在法文中，H、R、L 这三个字母的读音分别与 hache（斧子）、air（空气）、aile（翼翅）这三个单词的发音完全相同。——译注

不会不把如此巧妙的机械装置奏禀陛下御闻。国王看过以后，记下了2—6—12这三个数字。这意思就是THIBERMESNIL中的第2、第6和第12个字母，也就是字母H、R和L。"

"噢！太妙啦，我现在有点明白了……可我还是不懂，就算亚森·罗平也知道了怎样从大厅走暗道出去，可他怎么能从外面进到大厅里来呢？"

福洛克·歇尔摩斯点亮提灯，跨进暗道。"瞧，这个装置就像钟的发条，从暗道里看，每个字母都反了个向。所以罗平就在隔墙这边照样拨弄来着。"

"何以见得？"

"何以见得？瞧瞧这摊油渍就明白了。他居然连给齿轮加油这点都考虑到了。"福洛克·歇尔摩斯不无敬意地说。

"这么说，他知道另一个出口在哪儿喽？"

"跟我知道的一样清楚。请跟我来。"

"进暗道？"

"您害怕？"

"不，可您有把握能走出去吗？"

"绝无问题。"

两人先走下十二级台阶，接着又是十二级，然后是相仿的两段阶梯。这时来到一条长长的甬道，两边的砖墙有修复的痕迹，而且有些地方还在渗水，地上很潮湿。

"顶上大概是喷水池。"德瓦纳说道,心里很有些忐忑不安。

甬道通到一段十二级的阶梯,接着又是三段相似的阶梯。两人好不容易爬上阶梯,却发觉已置身在岩石里凿就的一个小小的洞穴里,前面无路可走了。

"见鬼,"福洛克·歇尔摩斯咕哝说,"都是光秃秃的岩壁,这是怎么搞的?"

"咱们还是往回走吧,"德瓦纳喃喃地说,"反正事情也差不多解决了。"

正在这当口,英国佬抬头一望,舒了一口气:原来就在头顶上,有一套跟入口处一模一样的装置。他照式照样拨弄那三个字母,一块巨大的花岗岩转动起来。大石块的背面就是罗隆公爵的墓碑,上面刻着

福洛克·歇尔摩斯来迟了

THIBERMESNIL 这几个凸出的字母。他俩走进这座废弃的小教堂。

"走向天主，就是指走向教堂。"歇尔摩斯解释引文的最后一句说。

"真是不可思议，"德瓦纳被歇尔摩斯的料事如神大为折服，"莫非光凭这句引文，您就什么都弄明白了？"

"不，"英国人说，"光凭它还不够。在国立图书馆的那本族谱里，暗道在左侧通到一个圆圈，这您也知道，而在右侧，由于给擦掉了，所以您就不清楚了，但细细辨认，可以看出那是一个很小的十字架。十字架指的当然就是这个教堂了。"

可怜的德瓦纳瞪大了眼睛。"这可真是神啦，讲穿了还挺简单的！可为什么从来没人想到过呢？"

"因为没人能同时掌握这几样关键的东西：两本族谱，两句引文。

只有亚森·罗平和我是例外。"

"可还有我，"德瓦纳说，"还有热里斯神甫哩。我们也都知道的呀……"

歇尔摩斯微微一笑。"德瓦纳先生，有些谜不是人人都能猜出的。"

"可我已经整整花了十年工夫。而您，才十分钟……"

"嗨！这是个习惯问题。"

两人走出教堂。英国人蓦地嚷道："瞧，有辆汽车等在那儿！"

"那是我的车！"

"您的？我还以为司机赶不回来呢。"

"可也是……我琢磨着……"

两人走到汽车跟前，德瓦纳问司机："爱德华，是谁吩咐您上这儿来的？"

"韦尔蒙先生。"司机答道。

"韦尔蒙先生？这么说您见着他了？"

"就在火车站。他关照我说直接把车开到教堂跟前停着。"

"开到教堂跟前！干什么？"

"等您……还有您的朋友呗。"

德瓦纳和歇尔摩斯面面相觑。德瓦纳说道："他连您会带我上这儿来都料到了，真是绝了。"

歇尔摩斯嘴边掠过一丝表示赞同的笑意。他点点头说："这可真是个人物。不过，我第一眼瞅见他，就感觉到这一点了。"

"您瞧见过他？"

"不多一会儿以前，我俩刚好狭路相逢。"

"您知道他是韦尔蒙，我是说亚森·罗平？"

"不，但我很快就猜到了……从他的一个表情。"

"可您居然还放他逃走？您干吗不趁这机会逮住他？"

"您要知道，先生，"英国人态度高傲地说道，"对于一个像亚森·罗平这样的对手，福洛克·歇尔摩斯是不会趁机捡便宜的……我得自己来逮住他。"

然而时间紧迫。既然亚森·罗平已经安排好了汽车，那么这个便宜只好捡一下喽。两人坐上车子。汽车风驰电掣般地朝第厄普火车站开去。突然间，前座手套箱里有样东西吸引住了德瓦纳的视线。"咦，这是什么东西？一个小盒子！是谁的？哦，是给您的。"

"给我的？"

"您瞧：'福洛克·歇尔摩斯先生收。亚森·罗平。'"

英国佬一把抓过盒子，拆开两层包装纸，里面是块怀表，"啊！"伴随这声惊呼的，是个表示气恼的手势……

"一块表，"德瓦纳说，"这是什么名堂？"

英国佬不吭声。

"咦！这是您的怀表呀！亚森·罗平把您的怀表给捎回来了！这么说……哈！福洛克·歇尔摩斯的怀表让亚森·罗平给偷走了！天哪，真滑稽！噢……请原谅……我实在是忍不住，请您别介意。"

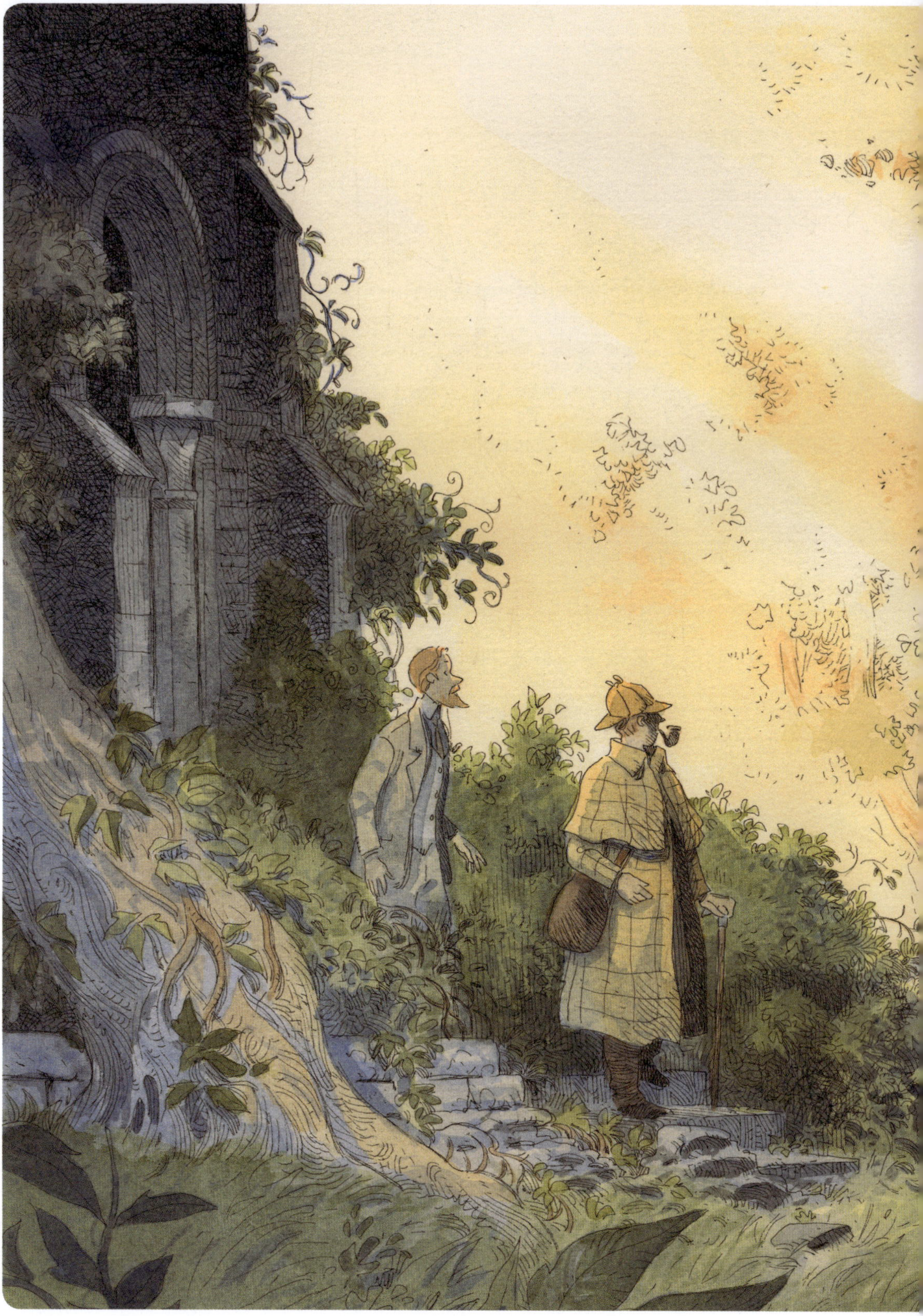

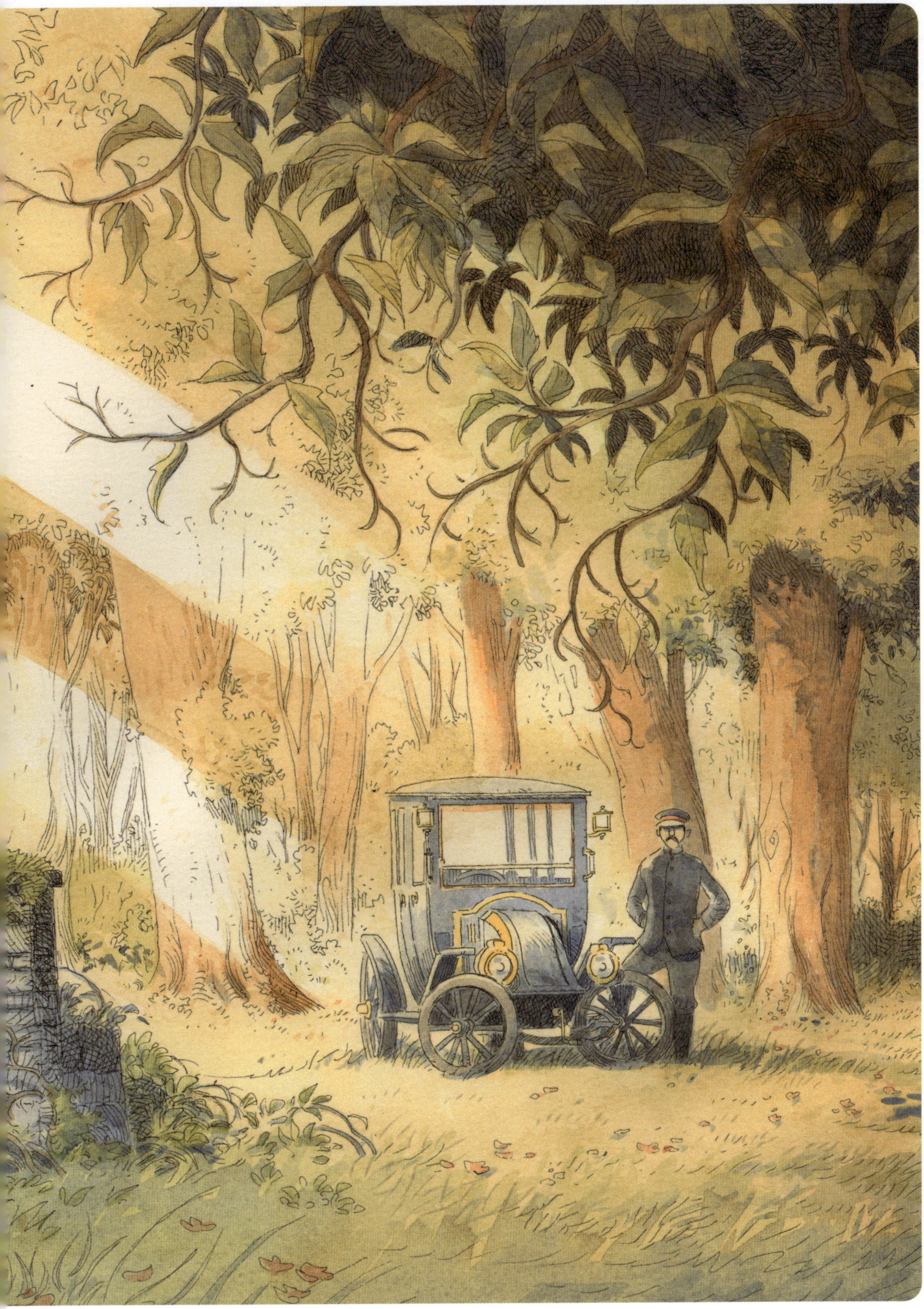

等到笑够了，他才用心悦诚服的口气说道："哦！这可真是个人物。"

一路上，英国人两眼直视前方，一声不吭。直到下车时，他才开口说了下面这几句话，语气并不激烈，但一字一句说得非常有力："对，这确实是个人物，而我的这只手总有一天是会放在这个人物的肩膀上的，德瓦纳先生。我想，亚森·罗平和福洛克·歇尔摩斯早晚是要重逢的……对，这世界这么小……会有这一天的……"

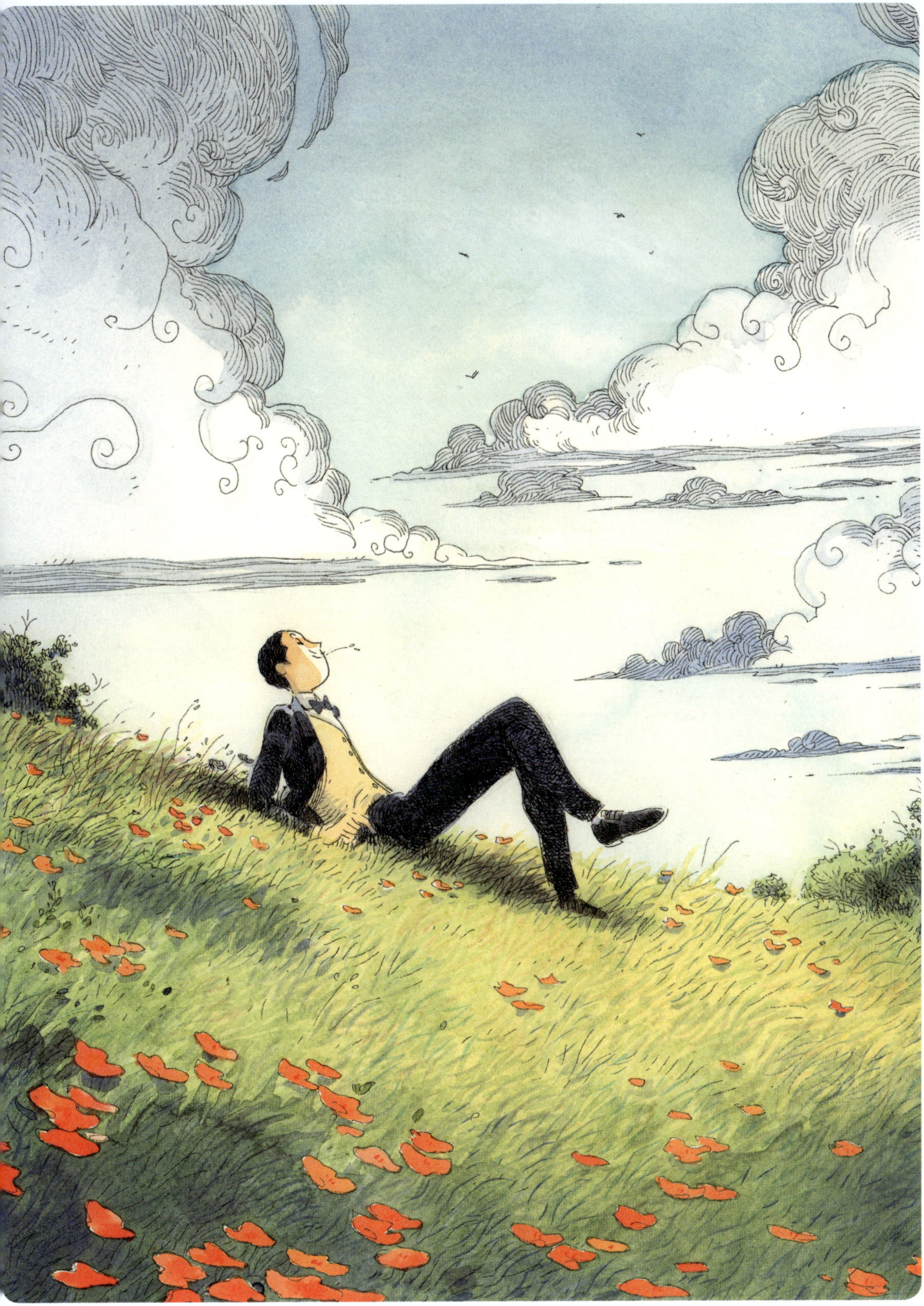

亚森·罗平只有在他想待在狱中的时候才待在狱中，要不多待一分钟也不行。